Lena Richter

Dies ist mein letztes Lied

Lena Richter

DIES IST MEIN LETZTES LIED

Novelle

ohneohren
VERLAG

Die Deutsche Bibliothek und die Österreichische Nationalbibliothek verzeichnen diese Publikation in der jeweiligen Nationalbibliografie. Bibliografische Daten:
http://dnb.ddp.de
http://www.onb.ac.at

www.ohneohren.com
ISBN: 978-3-903296-58-9

1. Printauflage
Autorin: Lena Richter
Coverillustration: Ephi | ephilog.tumblr.com
Lektorat, Korrektorat: Judith Vogt | www.jcvogt.de
Redaktionelle Bearbeitung: Birgit Schwäbe, Verlag ohneohren
Druck: bookpress.eu

INHALTSVERZEICHNIS

FÜR ANNA-MARIA, ALAKHYANDOWEN,
DEREN LIED ZU FRÜH VERSTUMMTE.

HINTER DEM LETZTEN TOR
WERDE ICH DICH SUCHEN.

BUT I'M NOT HERE FOR A STORY.
I'M HERE FOR THE JOURNEY.

Jay Dragon, „Wanderhome“

AUFTAKT

Dies ist mein letztes Lied.

Meine Hände verharren auf den Tasten der goldenen Doppelcelesta. Ein Zucken geht durch meine Finger, als bettelten sie darum, anfangen zu dürfen. Doch ich zögere den Moment hinaus. Mein Weg endet hier, heute, auf dieser Bühne. Hier in der größten Konzerthalle, die Lekkoka, diese asteroidenumspannende Metropole, zu bieten hat. Hunderttausend Tickets, unzählige Streams und Audioübertragungen. Die ganze Galaxis will dabei sein, wenn ich spiele.

Es geht nicht um mich.

Es geht darum, was danach passiert. Um das Portal, das sich öffnen wird, durch das ich gehen werde, ein letztes, endgültiges Mal. Eine Tür im Nichts, sichtbar für alle, passierbar nur für mich. Alle kennen die Geschichten, und alle wollen wissen, ob sie wahr sind. Hautnah dabei, in Großaufnahme. Zum ersten Mal wird es eine geplante Aufzeichnung davon geben. Eine Premiere für die Galaxis. Ein Finale für mich.

Und obwohl ich das weiß, macht es mich froh, nicht allein zu sein. Ich kann die Aufregung spüren, die Tausende erfasst hat, erahne sie in dem leisen Rascheln und Flüstern, in den Atemzügen, die bereit sind, innezuhalten, um den ersten Ton nicht zu verpassen. Fast kann ich die Technikabteilung der Halle vor mir sehen, Angestellte in gespannter Konzentration, die Hände auf Soundregler-Pads oder den Bedienelementen der Kameradrohnen. Beinahe fühle ich auch jene, die nicht in der Halle sind, die vor Screens sitzen, sich über ihre neuronalen Schnittstellen in die Streams klinken oder sich die Audiospur direkt in den Hörnerv übertragen lassen. Verbunden in diesem Moment, dieser Ewigkeit, dieser Sekunde, bevor der erste Ton erklingt.

Die Stille dehnt sich aus, ebenso kostbar wie flüchtig. Gleich werden meine Finger die Tasten berühren, aus unendlichen Varianten Gewissheit machen. Doch noch ist die Stille da, schwebt zwischen mir und dem Instrument, zwischen den Menschen im Saal und denen, die zugeschaltet sind; ein Netz aus Schweigen und Erwartungen.

Die Stille ist groß genug für Erinnerungen. Ich denke an alle Lieder, die ich gespielt habe. Alles, was ich gelernt habe, verlernt, verloren. Alles, was dazu geführt hat, dass ich jetzt hier sitze, allein vor Hunderttausend, die Sensation des Abends für sie, der Abschied für mich. Ein letztes Mal bin ich Teil von etwas. Ein letztes Mal werde ich spielen. Wenn die Musik verklungen ist, trete ich durch das Tor und verlasse diese Welt für immer.

Dies ist mein letztes Lied.

Das erste Lied

Deriton 5

Inhaltshinweise: Alkohol (angedeutet), Aussichtslosigkeit, Glücksspiel, Kapitalismus, Arbeitsunfall und Handverletzung (erwähnt)

Mein erstes Lied spiele ich auf einem schrill orangefarbenen Cybercembalo mitten im zentralen Einkaufsplaza des Sarciplex Corps.

Ich bin eigentlich nur hier, weil Pinn und Aikjo mit mir in die neue Cocktailbar von XuRiDrinks wollen. Das Instrument steht als Werbeaktion vor der Bar. Ich bin müde von meiner Schicht im Porky's Burger, meine Hände riechen trotz der Dusche nach künstlichem Zwiebelaroma, meine Haare nach Frittierfett. Trotzdem bin ich mitgekommen, will wenigstens ein paar Stunden Spaß und künstlich-süße Cocktails, ehe ich morgen zur nächsten Schicht muss.

„Du hattest doch Musikstunden als Kind, Qui!" Pinn sieht mich herausfordernd an, aber ich lache und winke ab. „Das ist lange her", murmle ich und wende mich dem Eingang der Bar zu.

„Da steht, man kann was gewinnen", sagte Aikjo, und ich halte inne. Gewinne sind immer gut. Ich nehme an fast allen Glücksspielen, Tombolas und Werbeaktionen teil. Alle, die ich kenne, tun das. Meist sind die Preise nicht wertvoll: Gratiseintritt in Bars, Gutscheine für Getränke oder Freikarten für ein ScreenDrama, manchmal auch einfach nur billig gefertigte Thermoplast-Becher oder Shirts mit bunten Produktlogos. Noch nie habe ich einen der Hauptgewinne ergattern können: den Trip zu den Zovhir-Wasserfällen auf der anderen Seite des Planeten oder die Woche zusätzlichen bezahlten Urlaub. Trotzdem löst jeder Gewinn einen kurzen, heftigen Schub an Glücksgefühlen aus. Etwas zu bekommen, ohne dafür zu bezahlen, egal wie sinnlos oder günstig es sein mag, fühlt sich jedes Mal an, als hätte ich eine Lücke im System gefunden, die übermächtigen Corps reingelegt, die wie launische Gottheiten über uns herrschen. Ich weiß, dass das nicht stimmt. Dass allein die Daten, die sie bei den

Gewinnspielen abgreifen, schon ein lohnendes Geschäft für sie sind. Von der kostenlosen Werbung ganz abgesehen, wenn ich meinen TastySuperSoy-Becher herumtrage oder zur nächsten CorpsLogo-Mottoparty mein knallpinkes DreamCandy-Shirt mit den Smell-Ons, die nach künstlichem Starberry-Aroma riechen, anziehe. Trotzdem kann ich nicht widerstehen. Selbst wenn der Gewinn wertlos ist, das kurze Glücksgefühl ist echt und so kostbar wie tausend SuperSoy-Freigetränke.

Also drehe ich um und folge Aikjo zu dem Cybercembalo, dessen Orange so grell ist, dass es beinahe in den Augen weh tut. *Gewinne drei kostenlose XuRi-Mega-Cocktails!* verkündet die sich drehende, blinkende Holo-Anzeige über dem Instrument.

„Drei Cocktails, Qui", sagt Pinn. „Das ist doch super, das reicht genau für uns!"

Ich kenne Pinn und Aikjo schon, seit wir Kinder waren. Sie sind typisches Sarciplex-Volk wie ich selbst: Unsere Eltern sind alle hier angestellt und wohnen in Corps-Wohnungen, wir sind in Sarciplex-Krankenhäusern zur Welt gekommen, in Sarciplex-Schulen unterrichtet worden. Inzwischen haben wir alle eigene Wohneinheiten, aber niemand von uns ist weiter als ein paar Stockwerke von dem Ort weggekommen, an dem wir aufgewachsen sind und an dem unsere Eltern immer noch leben. Nur wenige der Leute, mit denen wir drei zur Schule gegangen sind, haben es geschafft, das Corps-Gelände zu verlassen. Die meisten sehen wir immer wieder, an der Kasse des Burgerladens, in der Schlange des Sarciplex-Superstores oder im gegnerischen Team beim BlasterBlast. Manchmal sehe ich eine der Personen, die ich schon kannte, als sie eingeschult wurde, und frage mich, wieso sie mir so müde und abgekämpft erscheint. Ob ich selbst für die anderen auch so aussehe? Ich spreche sie meistens nicht an, nicke nur kurz, der alten Zeiten wegen. Mit Pinn und Aikjo ist es anders. Wir drei halten zusammen.

Und so gebe ich mir einen Ruck und setzte mich auf die ebenfalls knallorange Bank vor dem Cembalo.

Die Holo-Anzeige über dem Instrument spielt einen lauten Jingle, um mehr Publikum anzuziehen, eine kleine Kamera-Drohne wird aktiviert, um meine Darbietung für das Gewinnspiel aufzuzeichnen. Und ich denke zurück an den Klavierunterricht, den ich als Kind hatte.

Es war ebenfalls ein Gewinn, der mich dazu brachte: ein Gutschein für eine Probestunde, die meine Eltern bei der jährlichen Tombola auf der Corps-Jubiläumsfeier gewonnen hatten. Der Unterricht fand, wie alles andere auch, auf dem Sarciplex-Corps-Gelände statt. Musikinstrumente zu lernen war nicht unerwünscht, aber auch nicht Teil jener Hobbys, die besonders gefördert wurden, und so fand meine erste Probestunde in einem etwas schäbigen Raum in den unteren Etagen statt. Das E-Piano war alt und hatte einige Funktionsfehler, der ältere Angestellte kämpfte mit dem Einführungs-Video, das ich mir ansehen musste. Aber als er mich dann endlich ans Instrument ließ und meine kleinen Finger dem Piano die ersten Töne entlockten, war es um mich geschehen.

Ich wollte mehr. Ich wollte *richtig* spielen lernen. So sehr, dass ich meine Eltern anbettelte, es mir zu erlauben, auch wenn ich dafür die wöchentlichen Sarco-Fun-Parkour-Besuche aufgeben musste, zu denen all meine Freund*innen gingen. Den Angestellten aus der Probestunde sah ich nicht wieder, an seine Stelle trat Mx. Jhirpa, dier mir einmal die

Woche Fingerübungen zeigte, mit mir Lieder einübte und mich tadelte, wenn ich nicht genug geübt hatte. Ich bekam eine Software für die MediaStation in der Wohnung meiner Eltern, die eine Holo-Tastatur auf unseren Esstisch projizierte. Nicht immer war ich besonders fleißig, aber meistens übte ich doch. Ich spielte alle möglichen Stücke: zunächst die einfachen Kinderlieder, die überall auf Deriton 5 gesungen werden, später klassische Musik aus der ganzen Galaxis. Ich spielte sarkassische Fugen und barponische Sonaten, und natürlich die offizielle Stadthymne von Colmon und die Sarciplex-Corps-Melodie. Als ich älter wurde, versuchte ich die SparklePop-Songs nachzuspielen, die Pinn, Aikjo und ich nachmittags nach der Schule hörten. Ich träumte davon, eines Tages auf der Bühne zu stehen und andere mit meiner Musik zu begeistern.

Das alles fällt mir mit einem Schlag wieder ein, als ich meine Hände auf die Tastatur lege. Zum ersten Mal seit Jahren denke ich daran zurück.

Als ich mit der Schule fertig war, ging ich noch eine Weile zu den wöchentlichen Klavierstunden, aber mit jeder Woche fiel es mir schwerer. Ich kam kaum noch zum Üben, und wenn ich nach der Schicht in meinem ersten Job in einem SuperSoy-Store endlich frei hatte, wollte ich entweder nach Hause oder mit Pinn und Aikjo die Freizeit genießen. Bald ging ich gar nicht mehr hin, schickte Mx. Jhirpa, dier mich durch meine gesamte Kindheit und Jugend begleitet hatte, eine kurze lieblose Nachricht mit einer Kündigung. Die Credits, die ich einsparte, steckte ich in eine neue Soundanlage für meine erste eigene Wohneinheit. Irgendwann, nahm ich mir vage vor, irgendwann würde ich wieder anfangen.

Wenn ich mich ein bisschen besser an die langen Schichten und die Arbeit gewöhnt hätte.

Inzwischen kann ich mir nicht mehr vorstellen, in meinem Alltag noch jemals Zeit für so etwas wie Musikunterricht zu finden. Ich wache morgens in der kleinen Kammer des Sarciplex Complex auf, verbringe meine Schicht im Porky's Burger damit, Burger zu braten, Limonadenreste abzuwischen und mein bestes Lächeln für die Kundschaft aufzusetzen. Danach hänge ich in den Vergnügungsetagen des Complex ab, spiele Cyberdarts mit Aikjo und Pinn, trinke süße, bunte Cocktails mit meinen Kolleg*innen und sehe mir ab und zu ein syrmonisches Dramic oder eine thassische Operette an.

Eigentlich wollte ich den Job nur für ein paar Jahre machen. Wie viele, mit denen ich zur Schule gegangen bin, wollte ich nur erstmal ein bisschen Geld verdienen. Und dann weg aus dem Complex, weg aus Colmon, am besten runter von Deriton 5, diesem mittelgroßen, mittelreichen und auch sonst in jeder Hinsicht mittelmäßigen Planeten. Aber ich habe mich eingerichtet. Die Credits, die nicht für Lebensnotwendiges draufgehen, gebe ich lieber für Getränke, den Zugang zum neuesten ScreenDrama oder zwei Nächte im RelaxoPlaza-Spa aus als für irgendwelche unerreichbaren Pläne. Ich führe kein schlechtes Leben, es gibt keinen Grund zu gehen. Und jeden Tag denke ich weniger daran, dass es auch keinen gibt, zu bleiben.

Als meine Finger sich auf die Tasten legen, fühlt sich die Berührung an wie ein elektrischer Impuls. Als ob ein Funke, ein Knistern durch das Instrument in meine Fingerspitzen, meine Hände, meine Arme fließt, und von dort weiter in meinen Brustkorb. In diesem Moment entscheide ich mich, keine bekannte Melodie zu spielen. Stattdessen klimpere ich einige Töne, lausche dem Klang des Cybercembalos. Es klingt anders als das alte E-Piano meiner Kindheit, gleichzeitig sanfter und verzerrter. Dann beginne ich zu spielen. Beginne einfach eine Melodie, die mir in den Sinn kommt. Spiele, während die Gedanken an früher mich leiten.

Gedanken an alles, was ich sein wollte. Was ich erleben, sehen, fühlen wollte.

Die Vorstellung, auf Bühnen zu stehen und das Publikum zu begeistern, durch die Galaxis zu reisen, war mehr als nur ein Wunschtraum nach Ruhm und Erfolg. Es war der Wunsch, auszubrechen aus einem Leben, in dem alles vorherbestimmt schien, in dem ich an meinen Eltern sehen konnte, was mich in fünf, zehn, zwanzig Jahren erwartete. Nicht nur ich hatte diese Wünsche. Nicht nur ich habe sie vergessen.

Ich spiele und ich denke an Aikjo, die früher davon sprach, sich an der Universität einzuschreiben, sobald das Geld reichte, und die jetzt doch ihre Ersparnisse für neue Kleidung, neue Möbel und einen Kurztrip auf den Urlaubsmond Tertron ausgegeben hat. An Pinn, die trotz ihrer Arbeit im Fun-Fashion-Paradise jeden Abend zum Flugbox-Training ging und von der Galaxis-Meisterschaft träumte. Ich beneidete sie um ihre Disziplin, wir scherzten, dass sie mich und Aikjo einfach mitnehmen würde, wenn sie als Champion zu anderen Planeten reiste. Dann fiel ein schwerer Karton mit HoloGuns auf die Hand von Pinns Vater, der in einem Holo-Action-Club arbeitete. Der Sarciplex Corps übernahm die Kosten einer Standardbehandlung, aber Pinns Vater reagierte allergisch auf mehrere Materialien der üblichen Prothesen. Die Übernahme der Mehrkosten sei nicht vorgesehen, teilte die Rechtsabteilung mit. Pinn trug sich für Sonderschichten ein, suchte sich einen weiteren Nebenjob und meldete sich aus dem Boxteam ab.

Ich kenne Dutzende solcher Geschichten. Wrenn und Ndaro, die Schmuck aus selbstgezüchteten Ghari-Perlen herstellten und damit erfolgreich werden und zusammen Deriton 5 verlassen wollten. Sie hatten eine ausreichend große Summe gespart, und verloren sie vollständig durch eine hohe Strafzahlung an Sarciplex, weil herauskam, dass sie ihre Wohneinheit als Geschäftssitz angegeben. Cuzie, der schon fast ins Pilot*innenprogramm aufgenommen war, als festgestellt wurde, dass sein Stresshormonregulator nur Werte erreichte, die 0,5 Prozentpunkte unter der Zielvorgabe lagen. Fosh, dier eine Stelle in der Diplomatieabteilung des Sektors für eine Beziehung aufgab, die nur wenige Monate hielt. Kurz denke ich sogar an Mx. Jhirpa. Ich habe sien nie gefragt, weshalb sier Jugendliche unterrichtete, statt selbst aufzutreten oder zu komponieren. Vielleicht war die Person, die mich für einige Jahre auf ein anderes Leben hoffen ließ, einst selbst genauso hoffnungsvoll wie ich. Ich habe es nie erfahren.

An all das denke ich, als ich mein erstes Lied spiele. Ich spiele Töne, die einander suchen und wieder verklingen, Melodien, die immer leiser, immer flacher werden, von neuen abgelöst werden. Der leicht verzerrte Klang des Cybercembalos mischt sich mit dem Geräuschteppich des Plazas, mit Animercials und Sicherheitshinweisen, als müsse sich selbst ein Lied an diesem Ort verlieren.

Ich spiele mein erstes Lied, und es ist ein Lied von vergessenen Träumen.

Mit dem letzten Ton geht ein Surren durch die Luft. Ich nehme die Hände vom Instrument, blicke auf. Direkt neben dem Cembalo, mitten im Plaza, ist eine grüne Tür.

Tuscheln und Flüstern erhebt sich um mich herum, übertönt die Werbejingles. Eine kleine Traube an Zuhörenden hat sich um mich gebildet, einige haben die Hände erhoben, als wollten sie gerade zum Applaus ansetzen. Zwei haben ihren Kommunikator in der Hand, haben mich offenbar gefilmt. Nun starren alle die grüne geschlossene Metalltür an, die sich aus dem Nichts materialisiert hat. Zwei Kinder laufen aufgeregt herum und rufen laut, dass sie aus jedem Blickwinkel identisch aussieht. Wie alle anderen weiß auch ich, was ich vor mir sehe. Wie alle anderen kann ich es kaum glauben.

Die Türen im Nichts sind eines der letzten Geheimnisse der Galaxis.

Etwas, das kaum jemand mit eigenen Augen gesehen hat, aber von dem alle wissen. Weder Wissenschaft noch eine der unzähligen Religionen haben sie vollends ergründen können, auch wenn beide es versucht haben. Für manche sind sie ein Zeichen von Gottheiten, eine Seltsamkeit in der Architektur des Seins, für andere die Manifestation eines noch unerforschten paraphysikalischen Phänomens. Ich weiß, was ich vor mir habe, auch wenn das Phänomen so selten ist, dass es die meisten Menschen in ihrem Leben niemals sehen werden. Aber nachdem das Auftauchen von völlig Fremden auf anderen Planeten, Raumstationen oder Schiffen mehrfach diplomatische Krisen und sogar Kriege auslöste, gab es irgendwann ein von pangalaktischen Bildungsorganisationen produziertes Lehrvideo dazu. Wir haben es in der Schule gesehen -

mehrfach sogar, es war eins von denen, die immer dann gezeigt wurden, wenn der reguläre Unterricht aus irgendeinem Grund ausfiel. Als Kind faszinierten mich die Türen, aber sie waren aus meinem Gedächtnis noch schneller wieder verschwunden als meine Liebe zur Musik. Jetzt kommen auch diese Erinnerungen wieder: Türen im Nichts, die sich plötzlich manifestieren und eine Person auswählen, die durch sie hindurchtreten kann, um an einem völlig anderen Ort wieder aufzutauchen, ein einziges Mal oder immer wieder. In dem Lehrvideo kamen mehrere Expert*innen zu Wort, die ganz unterschiedliche Theorien hatten, was dahintersteckt: Vergessene Technologie, das Wirken kosmischer Gottheiten, oder die Machenschaften einer fremdartigen Spezies. Ich weiß noch, dass ich die Professorin am überzeugendsten fand, die argumentierte, die Türen müssten menschengemacht sein. Es gäbe keine Fälle, in denen andere Wesen hindurchgeschritten wären, und es wäre niemals jemand auf Planeten, Monden oder Stationen gelandet, die nicht von Menschen besiedelt oder ihnen zumindest bekannt wären. Mehr als Theorien gibt es nicht, die Türen entziehen sich jeder Erforschung, sind viel zu kurz und viel zu unberechenbar überhaupt präsent, um sie zu untersuchen. Sie sind, so schloss das Video, eine unergründliche und unveränderbare Marotte des Universums, mit der man sich einfach abzufinden habe. Manche sehen mehrere dieser Türen in ihrem Leben. Manche kennen sie nur aus Legenden. Sie tauchen alle paar Jahre auf, oder einmal im Jahrhundert, oder einmal im Äon. Ich versuche mir ins Gedächtnis zu rufen, wann zuletzt eine Tür gesichtet wurde, aber der Unterricht ist zu lange her.

In jedem Fall, so wissen alle Legenden zu berichten, erscheinen sie nur, wenn der Pfad der Türen jemanden auserwählt hat. Alle hier sehen das Tor, doch nur eine Person kann hindurchgehen.

Nur eine Person.

Nur ich.

Ich weiß, dass die Tür für mich bestimmt ist, auch wenn ich nicht sagen kann, woher. Aber mein Herz schlägt schneller, das elektrische Kribbeln in meinen Fingerspitzen hat sich auf meinen ganzen Körper ausgebreitet. Ich stehe vom Hocker auf, langsam, den Blick auf die Tür gerichtet, als könnte sie verschwinden, wenn ich einmal blinzle. Ein dunkles Metallgrün, teilweise abgeplatzt, mit einem chromglänzenden Eingabefeld. Es ist die Tür, durch die ich jahrelang zum Musikunterricht gegangen bin.

„Qui!" Pinn, die violetten Augen weit aufgerissen. Aikjo steht hinter ihr, seltsam gefasst, aber mit einem Anflug von Traurigkeit im Gesicht, als wüsste sie besser als ich, dass wir uns nie wiedersehen werden. Ich schaue zwischen beiden hin und her. Zögernd. Wartend. Passiert das hier wirklich? Bekomme ich wirklich eine Chance, wie kaum jemand im Leben sie je erhält? Die Chance auf eine Reise zu fremden Orten in der Galaxis, durch magische Türen – wie in einem ScreenDrama.

Wage ich es, durch die Tür zu treten? Will ich es?

Mir bleibt die Luft weg. Sekunden verstreichen, kostbare Momente. Ich fühle, dass ich nicht viel Zeit habe, mich zu entscheiden.

„Du musst!" Ich fühle Aikjos Hand, die mich am Arm gefasst hat, mich ein wenig rüttelt. Sie deutet auf das Instrument, dann auf die Tür. „Nach dem, was du gespielt hast … du musst." Vielleicht hat sie verstanden, was mein Lied sagen wollte, auch ohne Worte.

„Ja, Qui", sagt Pinn. „Du solltest gehen. Du wolltest immer hier weg. Wir … " Und dann verstummt sie und einen Moment lang liegen wir drei uns in den Armen, ein hilfloses Knäuel aus Gliedmaßen und Gefühlen.

Ich nehme ein Vibrieren in der Luft um die Tür wahr, als wolle sie mich warnen, dass die Zeit für meine Entscheidung fast verstrichen ist. Ich löse mich von Aikjo und Pinn. Als ich vor der Tür stehe, schwingt sie lautlos auf, ehe ich sie berühren kann. Dahinter liegt ein Nichts, das mehr ist als die Abwesenheit von etwas.

Ein letzter Blick zurück, dann trete ich hinein.

Die Türen im Nichts, so sagen die Legenden, öffnen sich für jene, die ihre Aufmerksamkeit erregt haben, und bringen sie zu fremden Orten. Dorthin, wo sie gebraucht werden, oder geliebt, oder gehasst. Die Türen sollen Revolutionen ihre Anführenden gegeben haben, Kriegen ihre Kommandant*innen, sollen Religionen erschaffen und Imperien gestürzt haben. Andere Erzählungen sagen, die Türen seien ein Fluch, ein schreckliches Schicksal stünde jenen bevor, die hindurchgehen, ohne zu wissen, was auf der anderen Seite wartet. Diejenigen, die durch die Tore treten, tanzen im Gleichschritt mit dem Schicksal, sagen die einen. Diejenigen, die durch die Tore treten, sind dem Schicksal entrissen und auf sich allein gestellt, sagen die anderen.

Als ich durch die Tür trete, bin ich einen Wimpernschlag lang dem Nichts ausgesetzt, gerade lange genug, um mich zu fragen, was es in mir sieht.

Das zweite Lied

Kexxil

Inhaltshinweise: Krieg, Hitze, Kälte, Alkohol, Insekten (erwähnt)

„Verschwinde. Du bist keine Hilfe."

Die Tür der Basis schließt sich mit einem scharfen Zischen. Ich taumle rückwärts, stolpere, falle. Der Boden federt und bebt unter mir, der feine Sand stiebt auf, bildet grellgrüne Wolken um mich.

Ich verfluche einmal mehr meine Entscheidung, durch das Tor zu gehen.

Seit 264 Umläufen befinde ich mich auf Kexxil, einem kleinen Planeten am Rand der Galaxis. Die Tür hat mich in eine winzige Siedlung unter blendend heller Sonne gespuckt und ist hinter mir verschwunden. Innerhalb weniger Stunden habe ich einen Schutzanzug bekommen, der mich vor der sengenden Hitze schützt, und gelernt, ihn richtig zu regulieren. Ungefähr genauso lange hat es gedauert, das Wichtigste über Kexxil zu erfahren. Eine Hälfte des Planeten liegt in ewigem Tag, die andere in ewiger Nacht, und beide liegen miteinander in einem ebenso ewigen Krieg. Niemand kann mir mehr sagen, wie er angefangen hat. Niemand hat die Absicht, ihn zu beenden.

Doch ich bin hier, auserwählt von mythischen Kräften des Universums, und das muss etwas zu bedeuten haben. Ich bin mir sicher, dass es einen Weg gibt, Frieden zu schließen. Einen Weg, den diejenigen, die im Krieg gefangen sind, seit sie ihren ersten Atemzug taten, nicht sehen können. Ich muss ihn finden. Ich kann ihn finden. Wieso wäre ich sonst hier?

Aber das Tor im Nichts war die letzte Tür, die mir nicht verschlossen war. Niemand will hören, was ich zu sagen habe.

Ich habe mit den Mechanex gesprochen, die Kriegsmaschinen steuern und über die blendend grünen Ebenen stapfen lassen wie riesige Urzeittiere. Sie wissen alles über die Maschinen und ihre Schwachstellen, über die Schwachstellen jener anderen Maschinen, die sie bekämpfen, aber nichts darüber, wieso sie noch immer gebaut werden.

Ich habe mit den Schrottsammelnden getrunken, die auf den Schlachtfeldern der Vergangenheit die Kadaver der alten Kampfwerkzeuge ausschlachten, auf der Suche nach Verwertbarem und Wertvollen. Sie wissen alles darüber, welche Schätze dort liegen, Kriegsgeräte aus Luft- und Bodenschlachten, Waffen aus den Zeiten, in denen noch Menschen gegen Menschen angetreten sind. Aber als ich sie gefragt habe, wieso Schlacht auf Schlacht und Schlachtfeld auf Schlachtfeld folgt, haben sie gelacht, mir die Flasche weggenommen und gesagt, ich hätte genug.

Ich habe mich mit den Berichterstattenden getroffen, die endlose Datenströme analysieren: aus den Satelliten, die den Planeten umkreisen, aus den tief im Erdreich vergrabenen Seismografen, die künstlich erzeugte Erdbeben anzeigen, aus den endlosen Nachrichten über Verluste und Siege, Todesfälle und Beförderungen, Vorrücken und Nachgeben. Sie modellieren Daten, wie ein Kind eine Sandburg am Wasser baut, ein flüchtiges Gebilde, schon zerfallen, ehe es vollendet wurde. Ich habe sie gefragt, warum sie nicht tiefer graben, zur Ursache, zum Kern des Konflikts. Sie haben den Kopf geschüttelt, und ich war nicht mehr willkommen.

Es scheint, dass sie für immer kämpfen wollen.

Und nun liege ich vor der Tag-Basis im glühenden Sand. Eine weitere verschlossene Tür, ein weiterer gescheiterter Versuch. Ich stehe wieder auf. Die Basis vor mir ist ein Kuppelbau aus Reflektorstahl, umhüllt von verstaubten Stoffbahnen. Stahl und Stoff halten die immerwährende Sonne aus dem Inneren fern, doch außerhalb gibt es kein

Entrinnen. Ich trete in den Schatten eines gewaltigen Trümmerstücks, ehe die Hitze so groß wird, dass mein Tag-Schutzanzug sie nicht mehr kompensieren kann. Fast alles um mich herum liegt in Trümmern, grüne und weiße Blöcke im Sand, dazwischen geschmeidige Ranken, die sich ans Gestein krallen. Die wenigen Gebäude der Siedlung liegen inzwischen unterirdisch. Nur die Basis ist an der Oberfläche gebaut, neu errichtet, ein Fremdkörper zwischen Ruinen. Ich bin hergekommen, weil ich dachte, jemand wolle endlich meine Hilfe. Hier ist einer der wenigen Orte, an dem Diplomatie mit der Nachtseite aufrechterhalten wird. Riesige Apparaturen auf dem Dach der Basis gewährleisten die Kommunikation mit der anderen Seite des Planeten. Ich wollte meine Dienste zur Vermittlung anbieten, eine wahrhaft neutrale Stimme in einem uralten Konflikt. Ein erster Schritt in Richtung Frieden, dachte ich, ein erster Schritt auf meinem Weg, mich würdig zu erweisen.

Ich würde allen zeigen, dass sich die Türen nicht in mir geirrt haben. Dass ich würdig bin.

Aber ich habe 264 Umläufe gebraucht, um überhaupt bis hier zu kommen, und als ich bei der Kommandantin der Basis vorsprach, schob sie nur müde die getönte Brille auf der Nase zurecht. Ihr linkes Auge dahinter war trotz der Schutzmaßnahmen milchig geworden. Tiefe Falten bewegten sich in ihrem Gesicht, als sie seufzte, als sei ich keine Chance, sondern ein Ärgernis. Die flüssige Bewegung, mit der sie sich wieder ihrem Datenscreen zuwandte, machte jede Verabschiedung überflüssig.

Jetzt drücke ich mich in den dunkelgrünen Schatten und weiß nicht weiter.

Aber ich bin nicht bereit, aufzugeben. Wenn der Tag mich nicht hören will, dann muss ich es bei der Nacht versuchen.

Die Nachtseite ist beißend kalt und blau. Ich habe sie erreicht, nachdem ich meinen Kommunikator und die aufgesammelten Wertmetalle aus 264 Umläufen gegen eine Reise in den Eingeweiden eines Schmuggel-Transports eingetauscht habe. Der Frachtraum des schwer gepanzerten Fahrzeugs hatte keinerlei Fenster und ich somit keine Sicht auf meinen Weg in die Nacht. Nachdem ich ausstieg, stand ich frierend in einer Welt aus Kälte und Dunkelheit. Gegen die Kälte helfen die anderen Einstellungen meines Schutzanzuges, mit der Dunkelheit klarzukommen, ist schwieriger. Ich brauchte mehr als zehn Umläufe, um mich daran zu gewöhnen. Nur die hellsten Sterne stehlen sich zwischen den immerwährenden Staubwolken hindurch. Die beiden auffälligsten erkenne selbst ich schnell wieder: Einer ist grünlich, einer schimmert violett, und sie jagen einander am Himmel nach, ohne sich jemals einzuholen. Das Land darunter liegt in nebligem Blau. Das Licht erinnert mich an die geheimnisvolle Halbdunkelheit des Sarciplex-Erlebnis-Aquariums, in dem ich als Kind einmal war, doch hier gibt es keine Rückkehr in die optimierten 500 Lux der Corps-Gebäude. Richtig hell wird es nie, und statt Fischen und Algen bevölkern bleiche Käfer und violette Moose die Landschaft. Wo die Tagseite voller Sandwüsten und abgeschliffener Bergkuppen ist, dominieren hier Geröll und breit ausgewaschene Flussläufe. Ich frage mich, ob das Grün des Gesteins dasselbe ist wie das des Wüstensands unter der unbarmherzigen Tag-Sonne, aber es gibt keine Möglichkeit, es herauszufinden, außer zurückzukehren.

Stattdessen mache ich mich wieder auf die Suche.

Ich erspare mir die Gespräche mit jenen, deren tägliches Geschäft der ewige Krieg ist: den Nanitae, die ihre mit bloßem Auge unsichtbaren Armeen gegen die riesigen

Maschinen der Tagseite steuern; den Grabenden, die Erze und Öle aus den Tiefen des Planeten holen; den Tekk, die Erfindung um Erfindung machen, um die der Tagseite zu überbieten. Zug um Zug, ein Spiel, bei dem keine Seite jemals gewinnt. Ich weiß, was sie sagen würden, stellte ich die Existenz des Krieges infrage, der für sie so selbstverständlich zum Leben gehört wie die wärmenden Brennstäbe in den Häusern oder die nahrhaften Rieseninsekten.

Ich suche nach anderen, die ebenso wie ich außerhalb stehen. Vielleicht wollen sie mir helfen, oder mich wenigstens anhören. Vielleicht gibt es andere, die den Krieg beenden wollen, unbemerkt von den Kommandostrukturen und Diplomatiebasen. Meine Suche führt mich zu verborgenen Kliniken, in denen Verletzungen versorgt werden, die Menschen sich auf der Jagd nach verwertbaren Mechaniken in Schrapnellstürmen zugezogen haben. Sie führt mich zu Hinterzimmern, in denen Wetten auf den Ausgang der nächsten Schlacht abgeschlossen werden. Und sie führt, egal wen ich frage, am Ende immer zu einem Mann: Gerchu. Gerchu, der Einsiedler. Gerchu, der Deserteur. Gerchu, der Einsame. „Nimm eine Flasche Khorx mit, wenn du mit ihm reden willst", rät man mir. Es dauert eine Weile, bis ich dafür bezahlen kann. Es gibt auf Kexxil keine Währung. Die Leute werden mit dem Lebensnotwendigen versorgt. Alles darüber hinaus ist Tauschgeschäft. Ich arbeite eine Weile an einem Stand, der Insektenspieße verkauft, bis ich endlich genug Stunden zusammenhabe, um sie bei der Besitzerin gegen eine Flasche Khorx einzutauschen. Der starke Schnaps ist teuer.

Ich nehme den Khorx, ich nehme den Datenstick mit all meinen Erkenntnissen und Ideen, und ich gehe auf die Suche nach Gerchu.

Ich bin den Wegbeschreibungen durch das ewige Dunkelblau das ausgetrocknete Flussbett hinauf gefolgt. Bleichviolette Käfer sind vor meinen Schritten geflohen, und manche der Geröllbrocken unter meinen Stiefeln haben sich seltsam angefühlt, porös und bleich. Die Höhle am Ende des Flusslaufs ist leicht zu finden, aber noch während ich den Restlichtverstärker meiner Brille justiere, höre ich ein Klicken. Seitlich von mir steht eine verhüllte Gestalt, die eine Plasmapistole auf mich richtet.

„Was willst du?“, fragt eine tiefe Stimme.

„Nur reden. Bitte. Ich habe Khorx dabei.“

Die Gestalt verharrt, mein Herz rast. Schließlich nickt sie.

„Hände, wo ich sie sehen kann. Komm langsam rein. Und lass vorher die Flasche sehen.“

Kurze Zeit später sitzen wir auf gepolsterten Matten in der von Brennstäben beheizten Höhle, einen niedrigen Tisch zwischen uns.

Die Höhlendecke besteht nicht aus Gestein, sondern aus einer großen, durchsichtigen Schutzscheibe, so dick, wie meine Hand lang ist. Die Waffe hat Gerchu nicht weggesteckt, sie liegt auf seinen Knien, jederzeit greifbar. Entsichert. Er hat hier drin Kapuze und Schutzbrille abgenommen, sein Gesicht ist dunkel, beinahe purpurn im blauen Licht. Zwischen uns auf dem Tisch stehen zwei winzige verbeulte Becher voller Schnaps, kaum ein Mundvoll.

„Trink“, sagt Gerchu, und seine Stimme macht klar, dass es kein Gespräch geben wird, ehe ich ihm nicht diese Ehrerbietung erwiesen habe. Der Krieg macht, dass überall Grenzen sind, überall abgesteckte, verteidigte Reviere, und dieser winzige Fleck Nachtwüste ist seines. Dieser Tisch, diese verbeulten Becher sind das Schlachtfeld, auf dem entschieden wird, ob mein Weg hierher vergeblich war.

Also nehme auch ich den Schutz ab, der meine untere Gesichtshälfte bedeckt. Die Kälte beißt trotz der Brennstäbe in mein Gesicht. Ich trinke.

Der Khorx schmeckt scharf und salzig, nach Blut und Wüste, und ganz leicht nach dem Duft der bleichen Blüten, die den Sternen entgegenwachsen.

Gerchu trinkt ebenfalls, dann hebt er die Flasche noch einmal, lässt sorgsam etwas Khorx auf ein Tuch tropfen und reibt sich damit über die Finger. Ich erkenne geschwollene Knöchel und höre ein leises Seufzen, als der verdunstende Alkohol ihm Erleichterung bringt.

„Du bist nicht von hier“, sagt er dann.

Ich nicke. „Das stimmt. Ich komme von einem Planeten namens Deriton 5. Aber ich bin schon eine Weile hier, und ich habe versucht, dem Krieg auf den Grund zu gehen. Es muss eine Möglichkeit geben, ihn zu beenden. Ich bin hier, weil ich auf deine Hilfe hoffe.“

Nervös drehe ich den Datenstick in den Händen, das Einzige, was ich in all den Umläufen zustande gebracht habe. Eine Sammlung von Scharmützeln und Katastrophen, von Überlebenden und Toten, von Vorstößen und Rückzügen. Hinter allem davon verbirgt sich immer noch ein älterer Grund, eine andere Verletzung von Absprachen, eine längst vergessene Eskalation.

„Du denkst, du kannst diesen Konflikt lösen?“ Gerchus Gesicht lässt keinen Rückschluss darauf zu, ob er mir helfen will. Seine rechte Hand findet die Waffe auf seinen Beinen, legt sich tausendfach geübt um den Griff, die Finger so dicht am Abzug.

„Ich denke, ich muss es versuchen.“

„Warum?“

„Ich kam nicht mit einem Schiff her. Ich kam durch eine Tür im Nichts.“

Er verzieht keine Miene. Ob er mir nicht glaubt oder ob es ihn einfach nicht beeindruckt, weiß ich nicht.

„Weißt du, wie wir hier die Zeit messen?“, fragt er dann unvermittelt.

„In Umläufen.“

„Wessen Umläufe?“

Ich blinzle verwirrt hinter meiner Brille. Ja, ich habe mich schon gefragt, wie die Umläufe berechnet werden. Kexxil kreist um einen nur als SE-17B benannten Stern, im selben Tempo wie er um sich selbst kreist. Aber diese Rotation dauert viele der Umlauf-Einheiten, mit denen hier die Zeit gemessen wird.

„Ich hatte immer gedacht, es ist eine Zeiteinheit, die von Siedelnden mitgebracht wurde“, sage ich schließlich.

„Falsch.“ Er trinkt einen weiteren winzigen Schluck Khorx aus seinem Becher und deutet durch die Scheibe nach oben. Der grüne Stern ist dem violetten wieder einmal entkommen und flüchtet sich gen Horizont.

„Oh! Es geht … nach diesen beiden Sternen?“

„Wir nennen sie Ga'Erad und Corol, nach zwei der ersten Menschen, die Kexxil betreten haben. Ein Umlauf ist die Zeit zwischen dem Moment, an dem der Ga'Erad über den Horizont steigt, bis zu dem, an dem der Corol untergegangen ist. Berechnet auf den Breiten- und Längengraden der ersten Nacht-Siedlung, am dritten Tag des Jahres.“ Er lächelt ein bitteres Lächeln. „Nur hier in der Nacht sieht man die Sterne. Ohne uns hätten sie nicht einmal eine Zeitberechnung.“

Ich habe viele Fragen. Was ist aus dieser ersten Siedlung geworden? Tobte der Krieg schon, als sie gebaut wurde?

Gab es auch eine erste Siedlung auf der Tag-Seite? Gibt es sie noch?

Aber ich sehe, dass er noch nicht fertig ist.

„Du bist nicht von hier“, fährt er fort. „Du weißt nichts über Kexxil. Nicht einmal die elementarsten Dinge. Das hier ist nicht dein Kampf. Warum denkst du, du könntest ihn beenden?“

„Ich kam durch diese Tür. Nur ich. Sie wählte mich aus, und sie brachte mich her.“

„Und?“

„Und das muss etwas bedeuten.“

Er schweigt und ich sehe noch immer die Waffe, auf mich gerichtet, eine falsche Bewegung und eine Fingerkrümmung davon entfernt, mich auszulöschen. Die Vorstellung eines Tons schleicht sich in meine Gedanken. Nein, eher die Vorstellung eines dissonanten Echos. Des Echos, das zurückbleibt, nachdem ein Lied mitten im Akkord abgebrochen wird.

Aber der Finger krümmt sich nicht. Stattdessen richten sich seine Augen noch intensiver auf mein Gesicht.

„Und wieso hat diese Tür dich ausgewählt? Was hast du vollbracht?“

„Ich habe ein Lied gespielt.“

Er starrt mich an, die Augen zusammengekniffen.

Und dann beginnt er zu lachen. Er lacht und lacht, schüttelt sich geradezu, die glucksenden Laute hallen durch die blaue Luft um mich herum, und kurz habe ich Angst, dass er den Auslöser aus Versehen drückt, so sehr bebt sein ganzer Körper.

„Trink aus“, sagt er schließlich. „Trink aus und geh.“

Ich stolpere davon. Der Khorx brennt in meinem Magen, ein Geschmack von Blut und Wüste.

Erst als ich außer Reichweite der Waffe bin, bleibe ich stehen. Ich habe ein Lied gespielt, und nun bin ich hier. Für immer, wie es scheint. Für immer, zwischen Tag und Nacht, machtlos, sprachlos in einem Krieg, der länger dauert als die Zeit.

Den Datenstick lasse ich zurück, als ich auch der Nacht meinen Rücken zuwende.

„Auf morgen!“, schallt es aus drei Dutzend Kehlen durch Zerris Bar.

„Auf morgen“, wiederhole ich. Gläser werden in die Höhe gereckt. Nachdem alle getrunken haben, setze ich mich zurück an das alte Marmorklavier. Es ist grün, grün wie der Wüstensand der Tagseite. Der farblose, süße Likör, mit dem wir uns zuprosten, stammt aus den unterirdischen Hainen der Nacht.

Diese Runde geht auf mich. Ich habe beim Aufwachen auf den Kalender geschaut und mich gefragt, wie viele Umläufe ich inzwischen hier bin. Ich konnte es beim besten Willen nicht mehr sagen, und ich habe mich nie um einen neuen Kommunikator bemüht, auf dem ich es nachschauen könnte.

Den ganzen Tag war ich merkwürdig erleichtert, und als Zerris Bar sich langsam füllte, war mir nach Feiern zumute.

„Auf morgen!“, ruft Vio noch einmal von hinter der Theke und lächelt mir zu. Ich lächle zurück, als ich meine Hände auf die steinernen Tasten lege.

Wir trinken auf morgen. Auf den nächsten Tag. Hier in Xerc gibt es nichts anderes, auf das wir anstoßen, keine ferne Zukunft, auf die wir Sorge oder Hoffnung richten. Keine Vergangenheit, an der wir festhalten.

Seit heute hat die Zeit endgültig an Bedeutung verloren. Ich fühle, dass ich endlich angekommen bin.

Nach meinem vergeblichen Versuch, auf der Nachtseite den Krieg zu beenden, wusste ich nicht, wohin. Es gab keinen Grund zu bleiben und keine einfache Möglichkeit zu gehen. Schiffe kommen selten her, die Stürme über dem Planeten machen ihnen die Landung kaum möglich. Passagen sind teuer. Ich beschloss, genug zu verdienen, um Kexxil zu verlassen, und dabei bin ich hier hängengeblieben.

Xerc ist eine kleine Siedlung auf der Dämmerung, jenem schmalen Streifen des Planeten, der weder Tag noch Nacht gehört. Eingebettet in ein schmales Tal, das vor den ewigen Stürmen schützt, ist es Niemandsland und Zuflucht zugleich, neutraler Boden und Handelszone. Hier habe ich endlich jene gefunden, die wirklich außerhalb stehen, die weder Tag noch Nacht gehören, sondern dem ewigen Dazwischen. Menschen von beiden Seiten kommen nach Xerc, treiben Handel, trinken, feiern. Sie bringen Insektenprotein von der Nachtseite und geladene Solarbatterien von der Tagseite. Handelsgüter werden unter Tischen getauscht, in Kartenspielen verloren, Gläser und Fäuste und Küsse fliegen durch den Raum. Im ewigen Zwielicht streiten, schmuggeln und spielen diejenigen, die in die Dämmerung reisen. Wer eigentlich auf welcher Seite steht, ist nicht entscheidend. Wer Ärger macht, fliegt raus. Wer gute Unterhaltung bietet, wird bejubelt. Zerris Bar bildet das Zentrum des Orts, und ich spiele jeden Abend die beliebtesten Stücke der Galaxis für die Gäste. Niemand weiß, woher ich eigentlich komme. Von den Türen habe ich nie erzählt. Ich habe aufgegeben, den Krieg verstehen zu wollen, aufgehört, Annahmen zu treffen und mich in Dinge einzumischen, die mich nichts angehen. Menschen von beiden Seiten hören mir zu, und manche werfen mir Trinkgeld in den gesprungenen Becher auf dem Klavier. Ich mag die einen und verachte die anderen. Aber ich stelle ihnen keine Fragen mehr zum Krieg. Ich habe aufgehört zu zählen, ob das Trinkgeld inzwischen reichen würde, um Kexxil zu verlassen.

Ich spiele meine Lieder. Und trinke auf morgen.

„Ein letztes Lied noch?", bittet Zerri spät an diesem Abend, als die Gäste gegangen sind. Vio hat sich schon verabschiedet, die letzten Gläser sind gespült. Ich setze mich ans Klavier und die leicht schiefen Töne wandern durch den leeren Raum, während Zerri draußen die Beleuchtung ausschaltet. Das Licht, das durch die Tür hereinfällt, trägt Spuren vom gleißenden Grün des Tages und vom nebligen Blau der Nacht. Die tausendfach reparierten Mosaikfenster malen damit Muster auf das alte Instrument, auf die Tasten, auf meine Finger. Kurz denke ich an den Krieg, den ich beenden wollte. Die Welt, die ich ändern wollte, ohne sie zu verstehen. Ich denke an Zerri und die Leute in der Bar, und an die Dämmerung zwischen Tag und Nacht.

Ich spiele mein zweites Lied, und es ist ein Lied für das Zwielicht.

„Gute Nacht, Zerri. Auf morgen."

Der letzte Ton ist verklungen, und sie lächelt mir zu.

Ich denke nicht mehr weiter voraus als bis morgen, ich denke weder an das Zuvor noch an das Danach, und ich denke mir nichts, als ich zur Tür gehe, die exakt dem Ausgang der Bar gleicht. Als ich sie aufziehe und hindurchtrete, nehme ich das samtige Nichts erst wahr, als es mich einhüllt.

Die Tür schließt sich hinter mir, und dass ich Zerri und die Bar nie wiedersehen werde, begreife ich erst, als es zu spät für jedes Abschiedswort ist.

Das dritte Lied

Silemon VII

Inhaltshinweise: Flucht, Aufopferung, Sex (nicht explizit), Klimaveränderung (erwähnt)

Mein drittes Lied spiele ich für 47.312 Lebensformen in Kryostase und die fünf Menschen, die über sie wachen.

Als ich aus dem Tor in einen summenden, blinkenden Maschinenraum stürze, habe ich Glück. Die große, massige Gestalt mit dem MultiTool, der ich vor die Füße falle, erschreckt sich. Doch vor dem Schlag mit erhobenem Werkzeug hält sie inne. Noch mehr Glück: Während ich auf die verblassende Tür hinter mir deute und meine Zunge über meine Zähne stolpert im Versuch, mich zu erklären, leuchtet in ihren dunklen Augen Verstehen auf und sie nickt. Aus einer Tasche an dem großen Gürtel um ihre Hüfte zieht sie ein knopfförmiges Gerät und deutet auf die Stelle hinter ihrem Ohr.

„Ich bin Khalis", verstehe ich, als das Übersetzungsmodul aktiviert ist. „Willkommen auf der *Silemon VII.*"

Die *Silemon VII* ist ein KryoFrachter auf dem Weg zum anderen Ende der Galaxis. Tausende liegen in ihren KryoPods in künstlichem Schlaf. Auf dem Weg zum Kontrollraum passieren Khalis und ich mehrmals Sichtfenster, die den Blick auf die langgezogenen Reihen der Schlafenden freigeben. Es sind mehr, als ich zählen kann. Leuchtdioden glimmen in den halbdunklen Hallen, jedes Licht ein auf Pause gestelltes Menschenleben.

„Warum seid ihr aufgebrochen?", frage ich Khalis, als wir die langen Gänge hinter uns gelassen haben. Mehrere Scanner haben inzwischen bestätigt, dass ich weder Waffen noch Kommunikationsgeräte bei mir trage, und ein Desinfektionsnebel hat mich von sämtlichen Sporen, Viren und Naniten befreit, die Kexxil womöglich auf mir hinterlassen hat. Einen Moment lang konnte ich dem Geruch von Likör und dem Gefühl von grünem Sand auf der Haut noch nachspüren, ehe beides verflogen war. Den Kontrollraum betrete ich in einem Overall, den Khalis mir gegeben hat, und der sich fremd und sauber anfühlt. Khalis hat ihre Kolleg*innen informiert, aber nicht alle können ihre Posten sofort verlassen. Der Raum, den wir betreten, ist oval, mit orange-weißen Sitzen, die zwischen einem Besprechungstisch und einer Wand voller Instrumente und Bildschirme hin- und her gedreht werden können.

Khalis erzählt. In knappen, präzisen Worten berichtet sie vom Unglück in der Sternenmine. Von der Sonne, um die Sajhin als einziger Planet kreist, und die nun vor ihrer Zeit erkaltet, vor ihrer Zeit stirbt, und Khalis' Welt mit sich nimmt. Ich ahne, dass sie die Geschichte nicht zum ersten Mal erzählt. Wem mag sie davon schon berichtet haben? Zuständigen an potenziellen Zielorten der *Silemon VII?* Nachrichtensendern? Oder nur ihren eigenen Gedanken, so oft, dass sie die Worte nicht mehr lange suchen muss?

„Bald wird dort nichts mehr leben", sagt sie und trinkt einen Schluck von dem dünn schmeckenden Tee, den der Food Generator produziert hat. „Die Kälte kam viel schneller, als die Berechnungen sagten. Die Konzerne gaben sich gegenseitig die Schuld. Aber niemand hat gefragt, wie man uns helfen kann. Auf Sajhin gibt es nicht genug Reichtum für Kuppelstädte und GeoTherm-Felder. Es war … es ist ein kleiner Planet, auf dem nur Menschen wohnten." Eine Meldung erscheint auf einem Bildschirm, Khalis wirft einen kurzen Blick darauf und wischt sie dann routiniert beiseite.

„Und hier auf dem Schiff befinden sich alle, die dort lebten?", frage ich leise.

„Nein." Eine neue, leicht kratzige Stimme mischt sich ein. Sie gehört zu einer Person, die wesentlich kleiner ist als

Khalis. Ein gepflegter Bart, darüber Brillengläser vor hellen Augen, die mich eingehend mustern. „Manche sind trotz allem geblieben. Manche sind in kleinen Gruppen zu anderen Welten aufgebrochen. Hier sind die, die sich entschieden haben, eine Reise mit ungewissem Ausgang anzutreten, in der Hoffnung, dafür zusammenbleiben und etwas von Sajhin bewahren zu können." Die Person lächelt sanft und mustert mich. „Es ist also wahr. Wir haben Besuch an Bord."

„Du kennst doch auch die Geschichte von den Türen im Nichts, Jag", wirft Khalis ein.

„Ich kenne viele Geschichten, aber nicht alle von ihnen sind wahr." Jag rückt die Brillengläser mit der linken Hand zurecht. „Aber wer würde sich auf dieser langen Reise nicht über Besuch freuen? Komm. Wir zeigen dir das Schiff."

Außer Khalis und Jag sind noch drei andere Personen an Bord wach. Ich lerne sie kennen, als wir das Schiff durchqueren, in einem ersten Überblick über eine kaum fassbare Zusammenballung von Leben und Erinnerung. Lhery besetzt den Navigationsraum, statt eines Betts hat sie eine bunt gewobene Hängematte aufgespannt, die wie ein leuchtendes Insekt zwischen den weiß-verchromten Instrumenten hängt. Torra und Czem sind überall unterwegs, machen manuelle Kontrollen an den KryoPods, lassen Wartungsprogramme laufen und prüfen, ob die Putzdrohnen ihre Arbeit tun. Manchmal lassen sie den Food Generator frische Zutaten statt Mahlzeiten erschaffen und kochen selbst. Die Gewürze sind echt und stammen von Sajhin, sorgfältig verwahrt in zierlichen Kästchen.

„Wie lange seid ihr schon unterwegs?", frage ich, als es am Tag meiner Ankunft ein solches Essen gibt. Zu sechst sitzen wir um den Besprechungstisch in der Kontrollzentrale. Auf dem Teller vor mir türmen sich gebratene Gemüsestücke, übergossen mit orangeglänzender Sauce, die nach getrockneten Früchten und einem fremden Gewürz riecht.

„Drei galaktische Standardjahre“, sagt Lhery. Das Übersetzungsmodul wandelt die flinken Gesten ihrer Hände mit wenigen Sekunden Verzögerung in Worte um. „Das Jubiläum unseres Aufbruchs ist erst ein paar Tage her.“

„Wir haben es sogar gefeiert.“ Khalis rollt ein wenig mit den Augen.

„Solange wir uns noch an das Datum erinnern“, scherzt Torra und gießt mehr Tee ein.

„Und wie lange werdet ihr ...“ Ich verstumme, als die Stimmung sofort ernster wird.

„Wir haben keinen besiedelten Ort gefunden, der uns alle aufnehmen würde“, sagt Jag dann. „Aber es gibt ein Programm für die Neubesiedelung bewohnbarer Planeten im Kachior-Sektor. Der ist so weit entfernt, dass kaum jemand den Weg auf sich nimmt.“

„Dort wartet ein ganzer Planet auf uns.“ Czems Augen leuchten auf und xiese Lippen verziehen sich zu einem breiten Lächeln, das schon im nächsten Moment wieder verlischt. „Auf das Schiff, sollte ich sagen. Wir werden es nicht mehr erleben.“

„Die Reisezeit beträgt 93,4 Standardjahre“, ergänzt Lhery.

Ich nicke betroffen und mustere meinen Gemüseteller.

„Wir sind alle freiwillig hier“, sagt Khalis.

Einen Moment lang liegt Schweigen über dem Raum.

Torras Hand schleicht sich sanft in Czems Nacken. „Und wir sind zusammen“, sagt sie leise.

„Und wir sind zusammen“, wiederholen die anderen vier, wie ein Credo. Wie ein Gebet.

In den nächsten Wochen besichtige ich die Kühlkammern, in denen Setzlinge und Pflanzensamen lagern. Ich bestaune die Kryostasekammern für kleinere Tiere und die Reihen an Reagenzgläsern mit den genetischen Materialien für die großen.

Khalis zeigt mir die Baupläne für Gleiter und Kochstellen, für Implantate und Wasserfilter. Auf ihrer Werkbank arbeitet sie an neuen Entwürfen, und als sie mir von ihnen erzählt, leuchten ihre Augen wie dunkle Sonnen.

Lhery projiziert die Route der *Silemon VII* als Hologramm in den Navigationsraum, gemeinsam folgen wir dem kleinen Schiffssymbol durch Sternennebel und Dunkelheit und fremde Systeme. Am Ende legt sie ihre Hand auf den Kachior-Sektor, und meine Hand verfolgt das Schiff, bis sich unsere Finger berühren.

Jag zeigt mir die Datenspeicher mit den Archiven von Bildern, Literatur, Musik und Geschichte, den Frachtraum, in dem die wichtigsten, unentbehrlichsten Gegenstände transportiert werden: eine kleine Skulptur aus dem tiefblauen Stahl, der auf Sajhin verhüttet wird, ein alter Webstuhl, ein buntes Ölgemälde.

„Ein Planet ist mehr als ein Ort, mehr als die Summe der Menschen, die auf ihm leben", sagt Jag. „Wir hatten mehrere Möglichkeiten, jede davon schlecht. Alle, die hier sind, haben sich entschieden, eine Reise ins Ungewisse zu wagen, um etwas von dem zu erhalten, was Sajhin ausgemacht hat."

Und dann zieht Jag mich weiter und zeigt mir den Gegenstand, der sorgfältig abgedeckt ganz am Ende des Raums steht: ein Portativ aus Rosenholz. „Eines der ältesten noch erhaltenen Instrumente", sagt Jag, und ich streiche andächtig und vorsichtig über das glatte Holz, in das kunstvolle Verwirbelungen und feinziselierte Einlegearbeiten gearbeitet sind. Meine Finger verharren einen Moment lang über den Tasten, aber ich berühre sie nicht. Zu kostbar scheint mir der Gegenstand, zu fremd, zu heilig. Auch das hier ist nicht meine Geschichte. Als ich die Hände zurückziehe, kann ich den Ausdruck in Jags Augen nicht genau deuten. Aber es sieht aus, als sei Jag zufrieden.

„Darf ich etwas fragen?"

Wir essen wieder zusammen, alle sechs. Ich bin inzwischen so lange hier, dass die Crew mir eine eigene Kabine zur Verfügung gestellt hat. Zu dem geliehenen Overall haben sich weitere Kleidungsstücke gesellt, und ich übernehme hier und da Aufgaben, für die mein Können ausreicht.

„Klar."

Torra verteilt wieder das Essen, ein unabgesprochenes Ritual. Lhery und Khalis streiten sich lachend um das letzte Stück Brot, bis Czem es ihnen wegschnappt.

„Wieso könnt ihr euch nicht mit anderen abwechseln? Mit der Kryostase, meine ich?" Ich habe lange darüber nachgegrübelt und heute wage ich es endlich, die Frage zu stellen.

„Das hat mehrere Gründe." Khalis löst ihre Aufmerksamkeit von Lhery und Czem, die inzwischen vom scherzhaften Ringen um das Brot in eine andere Art von Umarmung gefunden haben, die Gesichter hinter Lherys dichten roten Locken verborgen.

„Zunächst ist jedes Eintauchen und Aufwachen aus der Kryostase ein Risiko für den menschlichen Körper. Auch wenn im absoluten Großteil der Fälle nichts passiert, ist es möglich, dass Schäden zurückbleiben, die im schlimmsten Fall erst bemerkt werden, wenn die Person wieder geweckt wird."

Jag nickt zustimmend, während Torra mir dampfende, helle Suppe einschenkt, die nach Kräutern und Zitrusfrüchten riecht.

„Zweitens", fährt nun Jag fort, „ist die *Silemon VII* so gebaut, dass sie mit möglichst wenig Energieverbrauch operiert. Wir hatten keine Mittel für effizientere Energiezellen, sonst könnten wir großzügiger damit umgehen. Das Auslösen der Kryostase, das Aufwachen, die anschließenden medizinischen Untersuchungen und Prozeduren, das alles kostet Energie, die die Leistung des Schiffs verringern könnte. Es ist eine lange Reise. Das Risiko können wir nicht eingehen."

„Ihr hattet keine Mittel? Wer hat das Schiff denn bezahlt?" Ich habe tatsächlich noch nie darüber nachgedacht.

„Alle hier an Bord", sagt Czem und stippt das letzte Stückchen Brot in die Suppe. „Es gab einen Aufruf. Alle, die zusammen zu einer neuen Heimat aufbrechen wollten, konnten sich melden." Xier wickelt eine von Lherys Locken um die Finger. „Dann haben wir zusammengelegt. Alle von uns. Unser gesamtes gemeinsames Vermögen steckt in diesem Schiff."

„Außerdem ist es nicht einfach egal, mit wem wir zusammenarbeiten", fügt Lhery hinzu, ihre Hände formen die Gebärden, ohne dass sie sich aus Czems Umarmung löst. Die anderen nicken. „Wir fünf kennen einander. Mögen einander - ja, auch dich, du Brotdieb." Czem grinst. „Wir wissen, dass wir unser Leben miteinander hier verbringen werden. Wir haben einander gewählt."

„Habt ihr eure Entscheidung je bereut?", frage ich. Es ist spät und nach dem Essen gab es Tee und Wein und die kleinen, aus Schmetterlingsgras gewonnenen Kugeln, die auf der Zunge zu tausend Farben zerschmelzen und alles angenehm leicht machen.

Khalis und Jag tauschen einen Blick. Die anderen sind schon schlafen gegangen, während wir drei auf dem Boden des Kommandoraums auf Kissen sitzen. Über uns schweben sajhinische Kunstwerke in Hologrammform. Bis eben hat Jag mir von den Bildern, Skulpturen und Schmuckstücken erzählt.

„Hier ist viel Zeit zum Nachdenken", sagt Jag schließlich.

„Wir versuchen, uns beschäftigt zu halten", ergänzt Khalis. „Aber es ist nicht immer leicht."

Ich nicke und denke an ihre Baupläne und Modelle, an Lherys endlose Navigationsberechnungen, an Torras und Czems unermüdliche Aufgabenlisten.

„Nach allen sorgfältigen Überlegungen, nach allen Erhebungen über Fähigkeiten und interpersonale Beziehungen und Resilienzfähigkeiten war es die logische Konsequenz, dass wir fünf diejenigen sind, die über die anderen wachen, solange wir können", erklärt Khalis dann.

Jag lacht auf. „Du bist so romantisch, Khalis."

Sie verdreht die Augen und grinst.

„Ich glaube, wir sind noch nicht so lange unterwegs, dass wir Reue empfinden könnten", sagt Jag dann nachdenklich. „Mag sein, dass das irgendwann kommt, nach fünf Jahren, oder zehn, oder fünfzig. Vielleicht bereuen wir. Vielleicht zerstreiten wir uns. Vielleicht wird uns die Zeit unerträglich. Aber was sind fünf unglückliche Menschen, gemessen an so vielen Tausend, die eine neue Heimat finden können?" Die Brillengläser vor seinen dunklen Augen spiegeln ein buntes Gemälde voller Blumen.

„Vielleicht hört ihr irgendwann auf, die Jahre zu zählen", sage ich und denke an meine Zeit auf Kexxil.

„Vielleicht."

„Vielleicht zählt dann nur noch das Hier und Jetzt."

„Und jeder Moment."

„Jeder Moment, in dem wir zusammen sind."

Khalis' Hände sind groß und sanft, ihre Lippen weich und neugierig. Jags Finger sind vorsichtig und tastend, als suchten sie nach dem nächsten, dem richtigen Ton. Die Zeit zerfließt zu Bedeutungslosigkeit, auf weichen Kissen, zwischen Atemzügen und Berührungen. Die Hologramme schweben über uns, zwischen uns, wie Sternennebel, eine Illusion von Ewigkeit.

„Wir haben einen Wunsch an dich", sagt Jag, Tage oder Wochen später. „Wir haben darüber gesprochen und uns geeinigt, dass wir dich um etwas bitten wollen, Qui."

Sie sitzen mir zu fünft gegenüber, der Besprechungstisch diesmal leer und nüchtern.

„Wir wollen, dass du etwas für uns spielst", platzt Czem heraus.

„Nicht irgendetwas", fällt Torra xiem ins Wort.

„Dazu wäre ich schon noch gekommen."

Khalis räuspert sich lächelnd, und die beiden verstummen. Sie nickt Jag zu, und Jag ergreift das Wort.

„Wir wünschen uns, dass du etwas auf dem Portativ im Archivraum spielst. Für uns, und für die Schlafenden."

Ich ringe nach Luft, in einer Mischung aus Panik und Rührung. Es ist eine große Ehre, dass ich auf dem einzigen Instrument spielen soll, das sie aus ihrer Heimat mitnehmen konnten. Aber kann ich dem überhaupt gerecht werden? Und wird es das Ende meiner Zeit auf der *Silemon VII* bedeuten? Ich denke an mein Lied in Zerris Bar, an mein plötzliches Verschwinden ohne Abschied. Ich möchte nicht gehen. Aber ich spüre auch, dass nicht ich entscheide, ob mein Lied eine Tür für mich öffnen wird.

„Werden die Schlafenden es hören?", frage ich, weil ich nicht weiß, was ich sagen soll.

„Vermutlich nicht", sagt Lhery. „Aber wir werden es aufzeichnen. Die anderen werden es hören können, sobald die *Silemon VII* ihr Ziel erreicht hat."

„Wir haben erkannt", ergänzt Jag, „dass der Weg in den Kachior-Sektor mehr ist als nur ein Dazwischen, nur ein Warten darauf, dass die Geschichte von Sajhin anderswo weitergeht." Ein Lächeln huscht über Jags Gesicht. „Diese Reise ist Teil unserer Geschichte. Teil unseres Erbes. Eines Tages werden sich die Nachfahren derer, die hier schlafen, daran erinnern."

„Und wir wollen, dass du ein Teil davon bist." Khalis nickt, ihre Finger streifen meine ganz leicht, eine Berührung wie von Schmetterlingsgras.

Diesmal nehme ich Abschied.

Ohne zu wissen, ob es nötig sein wird, ob mein erstes Lied seit meiner Ankunft auch das letzte sein wird, das ich an Bord der *Silemon VII* spiele. Aber ich will nicht wieder voll ungesagter Worte durch eine Tür treten.

In den letzten Tagen habe ich mir von Khalis das Instrument zeigen lassen und mit ihrer Hilfe gestimmt. Torra hat einen passenden Hocker gefunden und Czem hat ihn auf meine Größe angepasst. Jag hat mir in den Datenarchiven Musik aus Sajhin gezeigt, und ich habe die Klänge und Melodien so oft gehört, dass sie selbst in meinen Träumen erklingen. Lhery hat den Frachtraum umgeräumt, einige Container beiseitegestellt und kleine Kisten mit bunten Kissen zu Sitzgelegenheiten gemacht.

Ich habe meine Worte gesagt, zu allen von ihnen.

Ich trage das bei mir, was sie mir zurückgegeben haben, das bunte Stoffband von Lhery, das winzige Säckchen mit Gewürzmischung von Czem und Torra, den Geschmack salziger Tränen von Jag, die Erinnerung an die Hitze von Khalis' Haut.

Als ich in den Frachtraum trete, klopft mein Herz, als wolle es zerspringen. Eine umgebaute Reparaturleuchte taucht das Portativ in einen Lichtkegel. Bildschirme sind herbeigeholt worden. Auf den meisten sehe ich die endlosen Reihen der Schlafenden. Einige andere stehen bereit, um die Musikaufnahme als Grafik umzusetzen, für Lhery und alle unter den Schlafenden, die sie nicht mit den Ohren erfassen können. Auf Kopfhöhe surren leise drei von Czem gesteuerte Kameradrohnen, bereit für ihren Einsatz. Es ist still, viel zu still, viel zu feierlich, und ich will protestieren, dass mein Können nicht ausreicht für diesen Moment. Wie könnte ein Lied jemals reichen, dieser langen Reise in eine ungewisse Zukunft gerecht zu werden? Wie könnten seine Töne die Jahre füllen, die vor Khalis, Jag, Torra, Czem und Lhery liegen?

Aber als sie mir entgegenblicken, mit leuchtenden Augen und einander festhaltenden Händen, schlucke ich meine Zweifel hinunter.

Als ich die Hände auf die Tasten des jahrhundertealten Instruments lege, wird mein Herz ganz ruhig. Das polierte Holz ist glatt und weich unter meinen Fingern, als hätte es nur auf mich gewartet. Mein Kopf ist voll von Melodien und Tonfolgen der Musik von Sajhin, von verspielten Kadenzen und hoch auffliegenden Discanten, von Erinnerungen an Kunst-Hologramme und Gewürze und bunt gewebte Decken.

Im Frachtraum der *Silemon VII* spiele ich mein drittes Lied, das auf den alten Melodien aus Sajhin basiert. Ich spiele für 47.312 Lebensformen, die ihrer Zukunft entgegenträumen, und für jene fünf Mutigen, die über sie wachen.

Ich spiele ein Lied voller Hoffnung.

Die dritte Tür riecht nach Rosenblüten, als würden die Pflanzen, aus denen das Portativ gebaut ist, noch einmal aufblühen, nur für uns. Mit dem letzten Ton öffnet sich das Nichts vor mir, und ich spüre es nach mir rufen, dringlich wie immer. Es wartet nicht lange. Mir bleibt nur ein letzter Blick auf ein tränenreiches Lächeln aus fünf Gesichtern.

Als ich durch das Tor trete, denke ich wieder an die alten Legenden. So sehr sie sich unterscheiden, eines berichten sie alle: Wer durch die letzte Tür geht, verlässt diese Welt für immer.

Das vierte Lied

Yular

Inhaltshinweise: Katastrophe, Feuer, Menschenmengen, Sicherheitskräfte, Hilflosigkeit, Tod, Alkohol, Übergeben

„Spiel für uns, Qui!“

Ich bin seit einigen Wochen auf Yular, als ich zum ersten Mal erkannt werde. Der ganze Planet – weder von Krieg noch von extremen Witterungen geprägt wie Kexxil – steht mir offen. Ich kann reisen, wohin auch immer ich will. Nach dem Mikrokosmos des Raumschiffs will ich so viel wie möglich davon auskosten.

Der kleine Ort, an dem ich aus dem Tor getreten bin, hatte eine LoopTrain-Station, und diesmal bin ich nicht ohne jede Vorbereitung. Ich habe zusätzlich zum Übersetzungsmodul ein neues Kommunikationsgerät. Überrascht habe ich festgestellt, dass eine kleine Menge universaler Credits darauf gespeichert sind - ein letztes Abschiedsgeschenk der Crew der *Silemon VII*. Kurz entschlossen habe ich fast alles für ein Superloop-Ticket ausgegeben. Seitdem bin ich unterwegs, von Ort zu Ort, die Nase wie ein neugieriges Kind an die Fensterscheiben gepresst, während Yular an mir vorbeizieht.

Es ist kein Planet, der für seine Schönheit berühmt wäre, kein Planet, von dem ich vorher überhaupt je gehört habe. Die Fahrt trägt mich an Städten vorbei, über denen Smogwolken hängen, an riesigen Tagebauen, deren Fördergeräte wie fremdartige Metalltiere in die Wolken ragen, an gerodeten Wäldern und Steinbrüchen. Aber immer wieder sehe ich Schönes: einen saphirblauen Nadelwald, der am Horizont mit dem Himmel zu verschmelzen scheint; ein fernes Bergmassiv bei Nacht, die in den Fels getriebenen Wohneinheiten klein wie Sterne; einen See, in dessen dunklem Wasser sich violette Wolken spiegeln. Der LoopTrain hält in Metropolen, die sich in Talkessel schmiegen, in kleineren Städten, an Fabrikkomplexen, in deren Zentrum sich eigene kleine Ortschaften gebildet haben.

Ich überwinde mich schon in der ersten Kleinstadt, in der ich aussteige. Ich suche mir eine Kneipe, in deren Ecke ein verstaubtes Klavier steht. Mithilfe des Übersetzungsmoduls frage ich nach, ob ich für ein paar Credits und eine Mahlzeit den Gastraum am Abend mit Musik unterhalten kann. Die Besitzerin mustert mich, ich erkenne Abschätzigkeit in ihrem Blick. Mein Magen knurrt, leichte Verzweiflung macht sich breit, und ich platze damit heraus, dass mystische Türen mich hergebracht haben, dass ich durch die Galaxis reise und vor zwei Tagen noch an Bord eines riesigen Raumschiffs in einem anderen Quadranten war. Ich weiß nicht einmal, ob sie mir glaubt. Aber sie nickt und murmelt, dass sich das verkaufen lässt. Einige Stunden später spiele ich in der Kneipe, angepriesen als galaxisreisende Kuriosität.

An diesem ersten Abend erwarte ich beinahe, dass das nächste Lied schon wieder eine Tür öffnet, ich schon wieder weiter muss. Aber es passiert nicht. Die Musik ist nur Musik, so profan und so besonders, wie sie es immer ist. Ich bin erleichtert. Der Raum ist erst halb, dann irgendwann ganz gefüllt, und ich spiele alles, was mir in den Sinn kommt. Erfreut höre ich den Applaus und die Rufe nach mehr, ich komme ihnen gerne nach, ein Stück nach dem anderen. Es ist tiefe Nacht, als ich aufhöre, weil die Kneipe schließt. Karn, die Besitzerin, bringt mir einen Teller, auf dem sich frittierte Gemüsescheiben und gebratene Fleischbällchen stapeln, dazu ein dunkles, würziges Getränk. Nach einigen Stunden Schlaf auf einer Matratze im Hinterzimmer schüttelt Karn mir zum Abschied die Hand und gibt mir eine Liste anderer Orte und Leute auf Yular. „Sie würden dich auch gern hören, da bin ich mir sicher", sagt sie, und steckt mir neben den Credits noch ein Päckchen mit Proviant zu.

Der LoopTrain bringt mich weiter. Ich spiele als nächstes in einer zugigen Stahlhalle vor den Arbeiter*innen eines Bergwerks, dann in einem winzigen, uralten Amphitheater auf dem Gelände eines Kurorts. Nach meinem Auftritt in einem Café in einem kleinen Ort namens Natuch taucht zum ersten Mal eine Person mit einer Videodrohne auf, die mein Konzert filmt und danach am Tresen einen Beitrag dazu produziert.

Sie winkt mich heran, stellt sich als Izzani vor und fragt mich gründlich aus. Während ich gesüßten Tee mit Milch trinke und eine riesige Waffel mit eingebackenen Obststückchen verspeise, erzähle ich von den Türen, von meiner Reise und davon, wie schön es ist, Yular nach und nach kennenzulernen. Irritiert sehe ich am nächsten Tag mein eigenes Gesicht über den großen Videoscreen des Bahnhofs flackern.

„Auf Yular passiert nie etwas Ungewöhnliches", strahlen mich zwei Jugendliche nach einem Auftritt an, bei dem mehrere Kameras und Aufnahmeteams vor Ort sind. „Was für ein Glück, dass du ausgerechnet hier gelandet bist."

„Wir sind gerade um die Ecke eingezogen, unsere erste gemeinsame Wohneinheit", erzählen mir zwei Männer in Holzarbeit-Kluft, die Hände ineinander verschlungen. Ich habe in einem großen Einkaufszentrum gespielt. „Heute sind wir zum ersten Mal hier einkaufen. Was für ein schöner Zufall."

„Ich habe dich schon in Hesiro gehört", berichtet eine ältere Frau mir aufgeregt. „Ich bin extra in den LoopTrain gestiegen und hierhergekommen, damit ich dich noch mal spielen hören kann."

Videodrohnen, die auf mich gerichtet sind, werden zu meiner neuen Normalität. Ich beantworte geduldig die Fragen, die mir an jedem neuen Ort gestellt werden.

„Stimmt es wirklich, dass du durch eine magische Tür hergekommen bist?"

„Wo hast du spielen gelernt?"

„Wie lange wirst du hierbleiben?"

Ich fühle, dass die Freude der Yular*innen echt ist, und es macht mir nichts aus, die Fragen zu beantworten, oder das eine oder andere Autogramm zu schreiben. Manchmal erfülle ich Liedwünsche. Manchmal erzähle ich von Xerc oder der *Silemon VII*. Ich genieße die vielen Eindrücke, die immer neuen Orte. Die verschiedenen Instrumente unter meinen Fingern, mal aus Stein und Holz, mal aus Plast und Aluminium. Die Gerüche: Holzfeuer und Kohlestaub in den Bergwerken, Nadelbäume und Blumen in kleinen Orten in der Wildnis, Frittiertes, Tabak und sich vermischende Parfüms in den Metropolen. Ich genieße den Gegensatz zwischen den lauten, vollen Konzerten und der Stille der LoopTrain-Fahrten, in denen ich nichts tun und nichts sagen muss, in denen sich neue Melodien formen können, während ich schweigend aus dem Fenster sehe.

„Was für eine Ehre, dass das Schicksal ausgerechnet Yular auserwählt hat", schließt ein News-Beitrag über meinen Aufenthalt. Er wird auf den Monitoren des LoopTrain abgespielt, in dem ich gerade einer neuen Stadt entgegenträume.

Ein Beben geht in diesem Moment durch den Himmel. Ein Beben und ein Blitzen, als ginge jenseits der Atmosphäre ein Gewitter nieder. In meiner Magengrube ballt sich Angst, während ich mir noch einzureden versuche, dass ich vielleicht nur nicht alle Wetterphänomene des Planeten kenne. Als der Nachrichtensender seine Übertragung unterbricht und kurz danach mit einer Sondersendung wieder aufnimmt, weiß ich, dass mein Magen recht hatte. Über meine Kopfhörer verfolge ich die Neuigkeiten, während der Zug weiterfährt, als sei nichts gewesen. Bis sich alles zu einem vollständigen Bild zusammengesetzt hat, bin ich bereits am Ziel, einer mittelgroßen Stadt namens Brehal. Der Zug hält, manche stürmen sofort hinaus. Andere bleiben wie ich sitzen, die Augen auf die Monitore fixiert. Wohin sollten wir auch gehen?

Ein Asteroid, dessen Kurs von unbekannten Faktoren abgelenkt wurde, hat die stillgelegte Atomarstation über Yular gestreift und auf Kollisionskurs mit dem Planeten geschickt. Erste Trümmer der zerstörten Station sind bereits auf der Oberfläche eingeschlagen, haben zwei Städte und drei Minen zerstört. Ich sehe Bilder von rauchenden Kratern, von zusammengestürzten Häusern. Von weinenden Überlebenden im Wechsel mit Aufnahmen von jenen, die für immer verstummt unter Plastikplanen liegen.

Zusammen mit anderen Fahrenden und der Hälfte des Zugpersonals bleibe ich im Waggon sitzen, bis es draußen wieder hell wird.

Während dieser Nacht wird spekuliert und gerechnet, werden Ingenieur*innen, Raumfahrende und Kernphysiker*innen zugeschaltet. Als die Sonne über den Horizont geklettert ist, steht die Lage fest.

Es gibt auf Yular keine Technik, um die Orbitalstation auf anderen Kurs zu bringen oder zu zerstören, ehe es zu spät ist.

Die Station wird in mehreren großen Trümmern in einen immer engeren Orbit geraten. In acht Tagen wird sie in die Atmosphäre eintreten und auf Yular stürzen.

Das darin gelagerte radioaktive Material wird ausreichen, um jedes Leben auszulöschen, das auf dem Planeten nach dem Einschlag der Station noch übrig ist.

Es gibt in den Raumhäfen von Yular einige Raumschiffe. Sie werden bei maximal möglicher Belegung ausreichen, um 34,7 Prozent der Yular*innen zu evakuieren.

Brehal versinkt im Chaos, während ich ratlos darüber nachdenke, was ich tun soll. Die LoopTrain-Station quillt über vor Menschen, die versuchen, mit einem der Züge zu den Raumhäfen zu gelangen. Die Luft ist voll von den Abgasen der Vehikel, mit denen es andere über die Straßen versuchen. Manche brechen gar zu Fuß auf, fest entschlossen, es die etwa hundert Kilometer bis nach Sanri City zu schaffen, wo es einen Raumhafen gibt.

Ich setze mich in eine Bar in der Nähe der Station und verfolge die Nachrichten auf meinem Kommunikator. Wer wird kommen, um die Yular*innen rechtzeitig zu evakuieren?

Er bedauere das Schicksal des Planeten Yunar, sagt der CEO von SuperCharta, dem großen Raumreisekonzern. Aber die eigenen Schiffe seien aktuell alle für geplante und bezahlte Reisen belegt, und die eigene Kundschaft zu verprellen entspreche nicht seinen Prinzipien.

Man müsse darüber reden, meldet sich die Pressesprecherin von Rescue.Org zu Wort, weshalb die Warnsysteme nicht angesprungen sind, um auf den abweichenden Kurs des Asteroiden hinzuweisen. Außerdem seien die Wartungsprotokolle der Atomarstation nicht vollständig und damit nicht hinreichend geklärt, ob überhaupt eine unverschuldete Notfallsituation vorliege.

Selbstverständlich stünde die Flotte bereit, um Personen aus Yular auszufliegen, nehmen die Chefetagen der drei größten Raumfahrtagenturen Stellung, natürlich zu den leider erhöhten Preisen, die so eine kurzfristige und gefährliche Route mit sich bringt.

Wir wollen helfen, meldet ein Zusammenschluss von Pilot*innen aus dem Ge:ran-Sektor, *aber wir brauchen zusätzliche Panzerung gegen die Trümmerteile über dem Planeten.*

Mein Kommunikator springt durch Dutzende Videos und Audioberichte, durch schriftliche Pressemeldungen und private Hilfegesuche.

Kann mich jemand nach Sanri City mitnehmen?

Hat jemand noch Kontakt nach Hesiro?

Gibt es noch Platz auf den Schiffen?

Kann jemand helfen? Kann jemand helfen? Kann jemand …

Das Display meines Kommunikators erlischt. Ich habe ihn zu lange nicht aufgeladen. Ich wische mir über die brennenden Augen und frage mich, was ich tun soll.

„Hier. Geht auf mich." Die Person hinter dem Tresen schiebt mir ein Glas mit scharf riechender Flüssigkeit hin. Ich nicke dankbar und kippe den Inhalt hinunter. Es schmeckt nach Rauch und etwas Blumigem.

„Hast auch aufgegeben, was?", fragt sie und putzt über den Holztresen, als würde nicht gerade die Welt enden.

„Was? Nein. Ich … " Ich ertappe mich dabei, dass ich bisher noch keinen Gedanken an mein eigenes Schicksal verschwendet habe. Ich bin mir sicher, dass meine Rettung nur ein Lied weit entfernt ist. Meine Reise ist noch nicht zu Ende. Ich weiß nicht, warum ich es weiß, aber die Gewissheit ist da.

„Ist nicht schlimm, weißt du." Die Bedienung schenkt mir noch einmal ein. Um ihre Handgelenke klappern bunte Armreifen, die Haut darunter ist von Falten durchfurcht. „Wir kommen hier sowieso nicht alle weg. Und was soll ich einen Platz wegnehmen, den andere dringender brauchen können? Ich hab niemanden mehr."

„Aber darum geht es nicht", protestiere ich. „Es müssen doch alle gerettet werden. Es gibt doch genug Schiffe, sie müssen nur kommen."

Ein bitteres Lächeln legt das Gesicht meines Gegenübers in Falten. „Klar gibt es genug Schiffe. Aber sie werden nicht kommen. Trink."

Ich gehorche schweigend. Der Alkohol brennt in meinem Magen. Ich weiß nicht, wann ich zuletzt gegessen habe.

„Es gab genug Schiffe, um alle Bewohnenden der Vern-Minenstation zu evakuieren, als dort das giftige Gas ausgetreten ist. Es gab genug Geld, um das Wasser in den Meeren von Henchiar III zu filtern oder Kuppelstädte auf Sajhin zu bauen. Es gab genug Essen für die Hungrigen auf dem Mond von Fre'g oder die auf Del-Kara V. Aber das hat nichts geändert."

Mein Puls geht schneller, mein Kopf fühlt sich leicht und schwindelig an. Ich möchte widersprechen. Möchte sagen, dass das nicht stimmt. Dass die Galaxis besser ist als das.

„Und jetzt?", frage ich stattdessen und starre auf das leere Glas.

„Jetzt mache ich meinen Frieden mit all dem", sagt die Bedienung. „Ein paar Tage bleiben mir noch, bis das Licht ausgeht." Als ich hochschaue, mustern mich die dunklen Augen. „Aber du siehst aus, als hättest du noch was vor", fährt sie fort. „Ich hoffe, du schaffst es weg von hier."

Das Brennen in meinem Magen ist unerträglich geworden. „Danke für die Drinks", bringe ich gerade noch heraus, ehe ich nach draußen stürme und mich in einer Seitengasse übergebe.

Als es mir besser geht, wird es bereits wieder dunkel. Mit einer Flasche Wasser und einem Sandwich sitze ich auf einer Bank in der LoopTrain-Station und frage mich, was ich tun soll.

Dass ich nur das nächste Lied finden muss, um Yular zu verlassen, ist das Einzige, was ich sicher weiß, was ich in mir fühlen kann, als würde ich unter meiner Haut einen Knochen ertasten, den nur ich in mir trage. Den Schlüssel zu einer Tür, die sich nur für mich öffnet.

Hat mich mein Weg hergeführt, damit ich einer ganzen Welt beim Sterben zusehe?

Gibt es nichts, was ich tun kann? Ist das Schicksal von Yular nichts als ein weiterer Beweis dafür, dass ich nur machtlos zuschauen kann?

Aber wenn dies die Lektion ist, die die Türen mich lehren wollen, dann weigere ich mich, sie zu lernen.

Ich kontaktiere die Journalist*innen, die mir nach Auftritten ihre Daten auf meinen Kommunikator gespielt haben. Manche berichten gerade von Raumhäfen auf der anderen Seite des Planeten. Manche sind schon auf anderen Welten, führen Interviews mit Konzernbossen und Raumfahrtbehörden, auf der Suche nach irgendeiner Person, die sich zuständig fühlt. Viele, die nur auf der Suche nach dem nächsten Musiktrend waren, sind nicht mehr interessiert, sobald sie hören, dass es nicht darum geht, dass ich selbst von hier gerettet werden möchte.

Am Ende rufe ich Izzani an. Sie war die erste Journalistin, die über mich berichtet hat. Die Erleichterung darüber, dass sie den Anruf sofort annimmt, weicht nach einem Moment einer kalten Gewissheit. So schnell kann eine Verbindung nur zustande kommen, wenn sie noch auf Yular ist.

Die Verbindung bricht trotzdem mehrfach fast ab, als ich ihr schildere, dass ich helfen will.

„Ich komme zu dir", sagt sie schließlich. Noch verkehren die LoopTrains unregelmäßig, und einen Tag später stehe ich am Bahngleis und warte auf sie.

„Wir brauchen ein Instrument für dich", sagt sie. „Alles andere habe ich dabei." Ich will fragen, wieso sie noch hier ist, ob sie einen Weg gefunden hat, sich zu retten. Ob sie meinetwegen ihre Flucht aufschiebt. Aber ich nicke nur und führe sie zu einem SecondPlanet, wo wir ein gebrauchtes MultiSound-Keyboard kaufen.

„Ich bitte euch um Hilfe", sage ich wenig später ungelenk in eine Kamera, während Izzani ein Tablet mit dem Text hochhält, den wir zusammen entworfen haben. „Yular wird in wenigen Tagen zerstört und unbewohnbar sein. Aber mit euren Spenden könnt ihr helfen, mehr Menschen rechtzeitig zu evakuieren."

Ich habe das Keyboard auf einem der Bahnsteige aufgestellt. Es ist Nacht und die Züge verkehren nicht mehr. Ich spiele drei Songs ein, das gebrauchte Instrument klingt ein wenig schief und die Tasten klemmen, die Halle der LoopTrain-Station sorgt für zu viel Hall, aber ich gebe mein Bestes, während Izzani ihre Kameradrohne um mich herum lenkt.

Später sitzen wir in einem Motelzimmer, das uns der Besitzer kostenlos überlassen hat. Izzani schneidet den Videobeitrag, während ich nichts tun kann, außer ab und zu bitteren Kaffee und abgelaufene Snacks aus dem RepliFix an der Ecke zu holen.

Ich muss Izzani zu jeder Pause überreden, ihre Augen sind unermüdlich auf den Bildschirm gerichtet; das Video spiegelt sich darin.

Als die Sonne aufgeht, sendet sie das Video über alle verfügbaren Kanäle und schickt es an alle Nachrichtensender. Bilder vom ersten Auftritt, bei dem Izzani mich gefilmt hat, wechseln darin mit den Aufnahmen vom Bahnsteig, Landschaftsaufnahmen von Yular aus dem Archiv und Infografiken zu der abstürzenden Orbitalstation und der Zeit, die noch bleibt. Das Spendenkonto hat ein Freund von Izzani eingerichtet, der für eine sektorübergreifende Bank arbeitet. Eine Person, mit der Izzani früher zusammengearbeitet hat, hat einen Server aufgesetzt, über den sich Pilot*innen und Koordinator*innen vernetzen können.

„Und jetzt warten wir", sagt Izzani, als alles erledigt ist. Wir liegen auf den Betten des Motelzimmers, zu müde, um den Raum zu verlassen, zu aufgewühlt, um zu schlafen. Das trübe Licht des Vormittags sickert herein, die Blendmechanik an den Fenstern ist beschädigt.

„Stimmt es wirklich?", fragt Izzani schließlich. „Das mit den Türen? Oder war das nur eine Geschichte, um deine Musik zu verkaufen?"

„Alles, was ich dir darüber erzählt habe, ist wahr", antworte ich. Ich weiß, was sie gefragt hat, ohne es auszusprechen. Ich erinnere mich an das Interview, das erste, das ich je gegeben habe. Ob die Türen wirklich nur mich hindurchlassen, war eine ihrer ersten Fragen.

Die nächsten zwei Tage verlassen wir das Motel nicht.

Wir sitzen auf den unbequemen Betten, auf dem Boden, auf den Fensterbänken, vor uns die günstig gekauften zusätzlichen Tablets und Kommunikatoren. Das Licht, das durch die Fenster fällt und den Tanz der Staubflocken glitzern lässt, wird anders, dunkler, unwirklicher, je mehr Trümmerstücke von der Orbitalstation stürzen und Partikel in die Atmosphäre schicken. Wir verfolgen den Kontostand, die Meldungen aus den Raumhäfen, die Nachrichten von Unterstützenden und Pilot*innen.

Am Ende sind es drei Schiffe.

Drei Schiffe, die durch unser Video nach Yular kommen. Ein großer Tourismuskreuzer, der durch Spenden gechartert werden konnte. Ein mittelgroßer Frachter eines unabhängigen Pilot*innen-Kollektivs, mit dem Rest der Spenden mit HyperSensoren und Panzerung ausgestattet. Und die private Yacht eines reichen Sternenminenbesitzers, dem meine Musik gefallen hat und der die gute Presse gebrauchen kann.

Diese drei Schiffe, bis zur maximalen Kapazitätsgrenze beladen, retten 9865 Menschen. Die Plätze werden durch Zufall vergeben, und wie durch ein Wunder akzeptieren alle dieses Vorgehen und lassen die Gewinnenden ziehen.

9865 Leben. Es ist nicht genug.

„Ich konnte nicht weg", sagt Izzani, zwei Tage vor dem Ende, unter einem orange-roten Himmel.

„Ist die Straße zerstört?" Wir stehen im Zentrum von Brehal, und es sind immer noch zu viele Menschen hier, Menschen, die nirgendwo mehr hinkommen werden. Die aufgehört haben, es zu versuchen.

„Nein." Sie lässt ihre kleine Reisetasche zu Boden sinken. „Ich *konnte* nicht gehen, Qui." Sie nimmt ein Tablet aus ihrer Tasche. „Hier. Schau. Das ist der Raumhafen."

Wie vereinbart ist sie gestern nach Sanri City aufgebrochen, ein Platz auf dem mit Spenden gecharterten Schiff war für sie freigehalten. Sie zeigt mir die Aufnahmen. Der Raumhafen von Sanri City gleicht einem Ameisenhaufen, wimmelt von wütenden, verzweifelten, weinenden

Menschen. Es müssen Tausende sein. Izzani ruft weitere Fotos auf, Nahaufnahmen. Eltern, die einen weinenden Säugling an einen Mann in Pilotenuniform übergeben. Fünf Personen in der Uniform der Zollbehörde, die Arme ineinander verschränkt, große Schilde vor sich im Boden verankert, die den Zugang zu einem der Schiffe versperren. Großaufnahmen von Gesichtern: ein junger Mann, tränenüberströmt. Ein Teenager, wütend. Zwei Pilotinnen, eine mit versteinerten Zügen, eine selbst mühsam die Tränen zurückhaltend.

„Es war nicht genug", sagt Izzani. Ihr Gesicht ist grau vor Erschöpfung. „Für jede Person, die einen Platz gewonnen hat, haben zehn andere verloren." Sie zeigt mir eine weitere Aufnahme, der Raumhafen von oben, ringsum ein Gewimmel von Menschen, Fahrzeugen, behelfsmäßigen Zelten.

„Die Galaxis hat beschlossen, uns sterben zu lassen", sagt Izzani. „Dann soll sie wenigstens dabei zusehen."

Ich schweige einen Moment, sehe sie an, blitzende Augen unter dunklen Locken, so unerbittlich wie eine Sturmfront, und ebenso faszinierend.

„Sie sollen zusehen", nicke ich. „Aber es geht nicht nur um sie." Ich nehme ihre Tasche, schultere sie. „Ich will spielen", sage ich. „Für alle, die es nicht geschafft haben. So lange, wie es geht."

Mein viertes Lied spiele ich am letzten Tag einer sterbenden Welt.

Eine alte Holzarbeiterin aus Brehal hat ein traditionelles Yular-Piano zur Verfügung gestellt, einige Jugendliche haben es in die Halle der LoopTrain-Station geschleppt. Riesige weiße Stoffbahnen bedecken die Wand hinter dem Piano, die beiden Besitzerinnen einer Näherei haben sie gebracht. Der Verkäufer aus dem SecondPlanet-Laden hat Projektionsdrohnen und Beleuchtung beigesteuert.

Der Himmel hinter den Scheiben der Halle ist eine rostrote Masse. Staubwolken haben die Sonne verdunkelt, immer wieder ziehen fallende Trümmerstücke wie todbringende Sternschnuppen durch das Rot. Die Halle ist voller Menschen. Ich wage es nicht, sie anzusehen. Nur zu Izzani schaue ich, ein letztes Mal. Sie steht erhöht auf dem Dach eines Kiosks, umgeben von ihren Drohnen, ihre Silhouette so klein und so aufrecht gegen den dunkler werdenden Himmel.

„Spiel für uns, Qui", sagt sie.

Ich spiele.

Ich spiele auf dem alten Piano, den Blick strikt auf die Tasten gerichtet. Ich spiele, während Izzani hinter mir die Fotos aus Sanri City auf die Stoffbahnen projiziert und das Konzert auf allen verbliebenen Frequenzen sendet - an die anderen Orte auf Yular, an denen Menschen auf das Ende warten, allein oder gemeinsam, und an die ganze Galaxis. Mein Lied bezeugt den Untergang einer Welt, deren Rettung einfach niemandem wichtig genug erschien.

Es ist ein Lied über die Gleichgültigkeit.

Ich spiele, während das letzte Licht am Himmel verlischt und die saphirblauen Wälder in Dunkelheit versinken.

Die vierte Tür hat kein Aussehen, keinen Geruch. Sie öffnet sich im Boden, im letzten Moment, über mir das Bersten und Kreischen der einstürzenden Bahnhofshalle, unter mir der rettende Ausweg, für mich, für mich allein, während alle anderen -

Ich falle.

Das fünfte Lied

Veringhall

Inhaltshinweise: Trauer, Trauma, Schuldgefühle, Depression, Körperlosigkeit

Das vierte Tor hat mich verschlungen.

Ich falle, und ich falle weiter, ich habe keinen Körper mehr, keine Augen, kein Gesicht. Ich bin ein blickloses Wesen im Nichts zwischen den Toren. Es gibt keine Zeit hier, keinen Ort.

Ich weiß nicht, wie lange ich schon hier bin. Werden die Türen mich wieder freigeben? Wollen sie mich bestrafen?

Habe ich zu wenig bewirkt? Oder mich zu viel eingemischt? Die letzten Momente von Yular fühlen sich an wie ein scharfkantiges Etwas in meinem Inneren. Es ist das Einzige, was ich fühlen kann. Um mich herum ist jetzt alles grau, doch dieses Grau wirkt anders als das weiche, samtene Nichts hinter den Türen.

Als ich versuche, mich an die Farbe von Izzanis Augen zu erinnern, sehe ich ein buntes Blinken, auf das ich zusteuere.

Gabeta53 hat dir einen Willkommensgruß geschickt.

Die Buchstaben sind violett und rund und freundlich, sie tanzen ein wenig vor meinen Augen.

Mir dämmert, dass ich nicht länger im Nichts der Tore bin. Aber wo bin ich dann?

Ich versuche, meine Hand auszustrecken, aber da ist nichts, mein Körper nur eine ferne Erinnerung.

Der Willkommensgruß löst sich in violette Funken auf. Ich versuche, mich umzuschauen. Als ich meine Augen auf einen anderen Ort richte, gerate ich in Bewegung. Farbtupfer tauchen im Grau auf, ein Bild von einem Strand rechts, eine tanzende Animation links. *KrelloXO hat dich eingeladen, der Gruppe Neuankommen beizutreten.*

Der nächste Schriftzug, diesmal orange-glitzernd. Darunter zwei animierte Schaltflächen. *Ja, gerne! - Nein, danke.*

Langsam begreife ich, was das hier ist. Schon damals auf Deriton 5 hatten wir davon gehört, Pinn, Aikjo und ich:

Von den CloudWelten, in die Menschen ihr Bewusstsein einklinken können, während ihr Körper auf einer bequemen Liege mit allem versorgt wird. Für Tage, Wochen oder gar Jahre kann man die virtuellen Welten erforschen und mit allen interagieren, die ebenfalls eingeloggt sind. Bei längeren Aufenthalten wird der eigene Körper währenddessen in speziellen Kammern von Medic-Drohnen gepflegt und versorgt. Fern, wie in Nebel gehüllt, erahne ich etwas, das an Gebäude erinnert, darüber formen sich Wolken. Es muss eine der Welten sein, die eine Umgebung simuliert, statt völlig frei nur aus Impulsen, Ideen und Gedanken zu bestehen.

Zögernd konzentriere ich mich auf den Schriftzug vor mir und die Worte darunter.

Ja, gerne!

Um mich herum verschwimmt die Umgebung. Ich finde mich in etwas wieder, das einer Wartehalle gleicht und mich unangenehm an die LoopTrain-Station erinnert. *Willkommen in der CloudWelt Veringhall!* verkündet ein großes Banner. Türen führen zu verschiedenen Teilen der virtuellen Welt. Neben mir verformt sich eine andere Person unaufhörlich, als sie ihren Avatar ausgestaltet, wechselt von einer grauen, unförmigen Wolke erst zu einer menschlichen Gestalt und dann zu einem anthropomorphen Luchs.

„Lege deinen Namen fest", fordert mich ein freundliches Assistenzwesen auf. Ich zögere. Gebe Q – U – I ein und bestätige dann doch nicht. Auch eine virtuelle Welt bietet keine komplette Anonymität. Ich weiß nicht, wie viele Aufnahmen meines Spendenaufrufs und des letzten Lieds von Yular in der Galaxis kursieren. Mein Name ist zwar alles andere als selten, aber es gibt doch eine gewisse

Chance, dass ich erkannt würde. Ich möchte nicht darüber sprechen, was auf Yular passiert ist. Ich könnte es nicht. Sobald ich aufhöre, mich auf die bunte Pixelwelt um mich herum zu konzentrieren, sehe ich wieder alles vor mir: Das alte Klavier, Izzani, die Menschen um mich herum, den roten Himmel. Höre das berstende Glas. Falle.

Unwirsch schließe ich die Namensauswahl, bestätige die Kennung *Anonym601*.

„Lege dein Aussehen fest", schlägt die freundliche Präsenz vor. Neben mir wechselt die Luchsgestalt ihre Fell- und Augenfarbe und wendet sich hin und her, als stünde sie vor einem Spiegel.

Aber ich möchte kein Aussehen. Keinen Namen. Ich will ohne mein Selbst sein, ohne meine Erinnerungen. Ich gebe mir keine Beschreibung, keine Erscheinung, keine Pronomen. Als graue Wolke verlasse ich die Willkommenshalle.

Als ich gerade auf Kexxil angekommen war, wollte ich Dinge verzweifelt verändern. Verbessern. Ich erinnere mich an das Gefühl, ein Werkzeug zu sein, das niemand benutzen will.

Jetzt bin ich stumpf geworden. Ich möchte nicht sprechen, keine Musik spielen. Ich möchte niemanden kennenlernen. Jede Anfrage der anderen CloudWelt-Wandernden schiebe ich beiseite und sehe zu, wie sie zu schimmernden Partikeln zerfließt und sich auflöst.

Es ist so einfach, allein zu sein.

Ich wandere durch die virtuelle Welt, interagiere nicht. Ich beobachte nur.

Veringhall ist der Sehnsucht nach einer besseren Welt entsprungen. Ich sehe es an den Städten der CloudWelt, die so grün sind, so lebendig, mit so viel Platz für alle. Sie sind an einen Stil angelehnt, den ich nur von Bildern kenne:

hohe, gewundene Türme aus Glas und weißem Stein, dazwischen Parks und kleine Bäche. Außerhalb der Städte liegen unberührte Landschaften - duftende Wälder, ewigblühende Blumenwiesen, kristallklare Seen. Hier gibt es keine Kohleminen, keine rauchenden Holzfeuer. Keine glühende Hitze oder klirrende Kälte, keine sterbenden Pflanzen. Am Himmel stehen nichts als Wolken und Monde und Sonne. Nirgends droht Gefahr, nichts zeugt davon, dass Zeit vergeht, dass Dinge enden.

Ich fühle mich fremd.

Ich besuche eine der Städte, bewege mich durch die breiten Straßen, die links und rechts von Wildblumenbeeten gesäumt sind. Ich schaue in virtuelle Schaufenster und Cafés. Der Geruch von Kaffee und Gebäck wirkt echt, aber noch habe ich nicht vergessen, dass ich gar nicht wirklich hier bin. Der Kauf von virtuellen Heißgetränken erscheint mir sinnlos. Ich sehe bei einem Streetart-Turnier zu, bei einem Dressurwettbewerb für virtuelle Hunde, bei allem, was nicht Musik ist. Ich weiß nicht, wie ich Musik ertragen soll. Aufnahmen meines Liedes aus dem Untergang von Yular kursieren wie erwartet auch hier. Teilweise sind sie zu Jingles und Remixes verarbeitet. Ich klinke mich aus der Umgebung aus, wenn sie gespielt werden, ziehe mühelos mit einigen Gedanken davon. Eine Aufnahme meines Auftritts in der Bahnstation wird an einer virtuellen Gedenkwand gezeigt, die eine kleine Gruppe eingerichtet hat. Ich verharre dort, überlege, ob ich Blumen davor ablege. Es wäre meine erste Interaktion mit der CloudWelt, seit ich sie betreten habe. Aber dann sehe ich die Videoausschnitte, sehe zum ersten Mal aus Perspektive der Kamera, wie ich selbst mitsamt dem Klavierhocker durch den Boden sinke, ehe Sekunden später die Übertragung abbricht.

Ich fliehe zurück in die Wälder.

Lange sind Beobachtungen mir genug. Die Zeit verschwimmt. Die CloudWelt stellt keine Forderungen an mich, will mich zu nichts überreden. Die Anfragen der anderen User*innen werden weniger. Ich bin weiterhin eine graue Wolke und nichts zwingt mich, etwas anderes zu sein als das. Ungehört, und beinahe ungesehen. Beinahe ein Nichts, so kurz davor, einfach zu verschwinden.

Dann finde ich das Wiederspiel.

Nur durch Zufall stoße ich auf die Gruppe. Ich streife durch die Straßen von Ragin, meiner liebsten Stadt in Veringhall. Sie ist groß und symmetrisch, überbordend bepflanzt, mehr Kunst als Wohnort. Zwischen den gläsernen Gewächshäusern und den mit bunten Mosaiken geschmückten Mauern treffen mich nur wenige Erinnerungen an Yular. Manches hier lässt mich an die Erzählungen von Lhery an Bord der *Silemon VII* denken, die mir von den schönsten Landschaften Sajhins vorgeschwärmt hat.

Schmetterlingsgras finde ich nicht, aber Schmetterlinge gibt es. Ich spaziere durch den Park, durch den sie flattern, versuche herauszufinden, wie lange ich sie beobachten muss, ehe sich ihre Bewegungen wiederholen. Mich daran zu erinnern, dass diese Welt nicht echt, sondern nur eine kunstvolle Simulation ist, macht alles leichter. Was auch immer hier passiert, ist nicht real. Und mit einem Mal beginnen die Schmetterlinge zu tanzen

Der violette Falter, dessen Flugbahnen ich beobachtet habe, erhebt sich höher in die Lüfte, zieht Kurven und Schleifen. Die anderen tun es ihm gleich, formen Muster in der Luft, Silhouetten, Bilder. Ich würde mit offenem Mund staunen, wäre ich keine graue Wolke. Ich sehe mich um, versuche zu erkennen, was die Schmetterlinge tanzen lässt. Da höre ich es - Musik. Perlende, gezupfte Töne, mehrstimmig, verspielt wie der Flug der Falter. Meine Neugier ist größer als der Wunsch zu verschwinden, und ich begebe mich ins Zentrum des Parks, auf den Klang der Musik zu. Drei Gestalten mit Instrumenten in den Händen sitzen dort auf der unwirklich grünen Wiese. Verborgen im Schatten eines Baumes höre ich ihnen zu, wie sie der fließenden, hüpfenden Melodie Leben einhauchen, während die Schmetterlinge um sie herumtanzen. Die Musik ist ungewöhnlich, folgt keinen Regeln, die ich kenne, und lässt mich trotzdem ein Gefühl von Harmonie verspüren, als sei ich zur richtigen Zeit am richtigen Ort. Ich bin hier, jetzt, eine graue Wolke zwischen Schmetterlingen, und es fühlt sich gut an.

Vielleicht liegt es an diesem Gefühl, dass ich mich nicht zurückziehe, als die Musik verstummt. Die Schmetterlinge drehen eine letzte Runde um die drei Musizierenden und machen sich dann wieder auf den Weg zu den lockenden bunten Blüten. Ich schwebe langsam auf die drei zu, möchte die Instrumente genauer sehen, möchte mehr wissen. Neugierige Augenpaare richten sich auf mich, als sie mich bemerken. Ich habe so viele Fragen, dass die CloudWelt reagiert. Ohne dass ich es bewusst steuere, bildet sich ein großes Fragezeichen über mir.

„Dies sind die *Serenaden der Nachtfalter*. Man sagt, sie wurden auf Nheru Var gespielt, einem Planeten in ewiger Dunkelheit, vor langer Zeit.“ Das war die feminin wirkende Person mit der lila Haut und den langen blauen Locken.

„Wir haben die Melodie wiederentdeckt und wollten es ausprobieren“, ergänzt die Fuchsgestalt.

„Wir sind von der Gruppe Wiederspiel“, sagt als letztes die durchscheinende Figur mit der Handharfe. „Wir suchen in den virtuellen Archiven nach Musik, die es nicht mehr gibt. Und führen sie neu auf."

Die drei sehen mich erwartungsvoll an. Ich weiß nicht, was ich sagen soll. Wie lange ist es her, dass ich mit einem anderen Wesen gesprochen habe? Wie spreche ich überhaupt, in dieser künstlichen Welt, in Form einer grauen Wolke?

Am Ende ist es ganz einfach: Ein Gedanke bildet sich, wird zum Wunsch, ihn aussprechen zu können, und dann ist da plötzlich etwas wie ein Mund, ein helleres Leuchten im Grau.

„Aber die Schmetterlinge sind nicht echt." Es sind meine ersten Worte, seit ich auf Yular die letzten sprach.

Die Fuchsgestalt lacht und legt den Kopf schief. Ihre goldenen Augen glänzen, als sie fragt: „Macht das einen Unterschied?"

Die nächste Aufführung des Wiederspiels besuche ich nicht zufällig, sondern auf Einladung. Kalekk0, die Fuchsperson, hat mir eine Nachricht geschickt.

Anon, heute bei Sonnenuntergang: Wir spielen das Madrigal für das Schwindende Licht, *oben auf der Klippe über dem See. Kommst du auch?*

Ich habe gezögert. Bin ich bereit, wieder eine Person zu sein? Ein Wesen, dem man Nachrichten schicken kann? Bin ich bereit, wieder einen Namen zu haben, auch wenn er nur eine Abkürzung meines anonymen Graue-Wolke-Konstrukts ist?

Am Ende gewinnt die Neugier, der Wunsch nach mehr Musik. Das Gefühl aus dem Park hat sich zu tief eingebrannt, ich sehne mich danach, es wieder zu erleben.

Ich nähere mich der Klippe vorsichtig, sehe hinab. Der Blick geht direkt nach Westen. Die Sonne scheint in Zeitlupe in den See zu tauchen, das Wasser ist golden im Abendlicht, während der Himmel leuchtet, als stünde er in bunten Flammen. Der Anblick nimmt mich für einen Moment gefangen, ehe mich die Erinnerung an die brennenden, stürzenden Trümmer über Yular wieder mit voller Wucht trifft. Ich will mich abwenden, aber Kalekk0 hat mich bemerkt, winkt mich näher heran und zeigt auf einen reservierten Platz. Ich schaue auf den See, das flüssige Gold, den brennenden Himmel, versuche etwas anderes darin zu sehen als Untergang. Die Musik setzt ein, bevor ich weglaufen kann.

Fünf Mitglieder des Wiederspiels stehen am Rand der Klippe, drei von ihnen mit Instrumenten. Das Madrigal ist fünfstimmig, Flöte, Saiteninstrument und ein kleines, verschlungenes Tasteninstrument vermischen sich mit zwei Gesangsstimmen. Es beginnt mit einzelnen Melodien, als die Sonne das Wasser beinahe berührt. Sie finden zueinander, umrunden sich, entfernen sich wieder, locken, verfolgen. Während die Sonne ins Wasser taucht, bewegen sie sich weiter aufeinander zu, und dann, als die letzte schmale Sichel hinter dem Horizont verschwindet, schallen fünf Stimmen im Gleichklang von der Klippe wie ein gewaltiges Fanal. Als die Sonne vollständig ins Wasser taucht, verstummt die Musik im selben Moment. Ich kann nicht sagen, wie lange die Aufführung gedauert hat, und frage mich, ob die Wiederspielenden an den Einstellungen der CloudWelt gedreht haben, damit die Sonne im richtigen Tempo untergeht, nicht zu schnell, nicht zu langsam. *Macht es einen Unterschied?* Die Frage hallt in mir nach.

„Hat es dir gefallen?", fragt Kalekk0 hinter mir. Das hellere Grau in meiner Mitte verzieht sich zu etwas, das ein Lächeln sein muss.

Ich besuche weitere Auftritte des Wiederspiels. Sie finden beinahe täglich überall in Veringhall statt. Die Zeit ist dehnbar hier, elastischer als in der Wirklichkeit. Schlaf ist eine Option, keine Notwendigkeit. Es ist kein Problem, von Konzert zu Konzert zu reisen, und die Wiederspielenden haben reichlich Raum, die Archive zu durchforsten, Stücke auszuprobieren, einzuüben, umzustellen.

In einer Gebirgshöhle höre ich den *Gesang der Tausend Füße*, ein Trommelstück, das von einer kleinen, drahtigen Gestalt mit vier Armen aufgeführt wird. Unter den riesigen grünen Kronen der Wälder von Tirdokal lausche ich andächtig dem Instrument, das Öks in wochenlanger Arbeit aus einem der gewaltigen Baumstämme gefertigt hat, ohne dem Baum das Leben zu nehmen. *Der Gruß an die Reisenden hinter den Sternen* ist eine langsame, melancholische Hymne, die er dem Holzriesen entlockt; getragene Töne, deren Tiefen ich mehr spüren als hören kann.

Auf einer schwankenden Plattform im Meer sehe ich gemeinsam mit Kalekk0 SaRia und Plum zu, die zusammen mit Kalekk0 die Schmetterlingsmusik gespielt haben. Heute machen sie ein Experiment mit einem alten Instrument: Ein riesiges Windspiel wird in einen Rahmen gespannt und in den Küstenwind gehängt. Die Glöckchen und Klangkörper klingeln und pfeifen, wir sehen und hören gespannt zu. Das Pfeifen und Klingeln wird lauter, irgendwas zwischen disharmonisch und interessant, und dann, zack, reißt der Rahmen, und die Schnüre wehen klingelnd ins Meer. Zu viert sehen wir ihnen überrascht kichernd nach, die anderen drei hängen ihre Füße ins Wasser. Ich denke darüber nach, ob ich wieder Füße haben will, aber noch reicht es mir, einfach hier zu sein, zwischen Sonnenstrahlen, glockenhellem Lachen und glitzerndem Wasser.

„Wie wählt ihr die Stücke aus?“, frage ich Kalekk0 später. Wir sind zurück in Ragin, sitzen im Park zwischen den Schmetterlingen. „Und wieso habt ihr eigentlich Zugang zu diesen Archiven?“

„Ich weiß es nicht“, erwidert dey. „Vermutlich hat jemand von den Architekt*innen von Veringhall gedacht, es wäre ein netter Zeitvertreib, und sie einfach mit freigeschaltet. Eine kleine Datenmenge im Vergleich zu … all dem.“ Dey deutet vage auf die Umgebung.

Ich beobachte einen der Schmetterlinge. Für einen Moment hatte ich vergessen, dass alles hier nicht echt ist. Ich frage mich kurz, wo Kalekk0s Körper sich befindet, wie lange dey hierbleiben wird. Es können nicht alle so sein wie ich, ohne Unterbrechung in der CloudWelt verankert. Ich weiß, dass manche die Aufenthalte als Urlaub nutzen oder sich nur ab und zu für einige Stunden einklinken. Doch viele der Wiederspielenden sind immer erreichbar und niemals verschwunden. Es ist, als wären sie dauerhaft hier.

Ich weiß nicht, ob über diese Dinge gesprochen wird. Ob es unhöflich wäre, zu fragen. „Und ihr spielt nur Stücke, die vergessen sind?“, frage ich stattdessen.

„Wer kann schon sagen, ob sie überall vergessen sind.“ Kalekk0 hält eine Pfote vor sich und lächelt, als einer der Schmetterlinge sich kurz darauf niederlässt. „Manche von uns wählen Musik, von der es in den Archiven nur noch Noten und keine Aufzeichnung mehr gibt. Andere die aus Welten, deren Untergang sicher bekannt ist.“

Welten wie Yular, denke ich. Ob sie Musik von dort spielen würden, wenn ich sie darum bitte? Würde ich das wollen? Würde ich das ertragen?

Kalekk0 schaut mich kurz an, sagt aber nichts. Dann wedelt dey leicht mit der Pfote, der Schmetterling hebt ab und fliegt erwartungsvoll auf mich zu. Und auf einmal, nur für einen Moment, habe ich eine Hand, eine schmale graue Hand, auf der der Falter kurz innehält, ehe er taumelnd davontanzt.

Der Wandel, ausgelöst von einem Lächeln und der flüchtigen Berührung eines Schmetterlings, ist nicht mehr aufzuhalten.

Als Plum mich einlädt, ihr neues Projekt anzuhören, ein Stereo-Experiment mit gegenläufigen Melodien auf zwei Kanälen, formen sich wieder Ohren, auf die ich mir Kopfhörer setzen kann.

Als Mner mich um meine Meinung zu den Lichtinstallationen bittet, die er für einen Auftritt des Wiederspiels geschaffen hat, habe ich wolkengraue Augen.

Mit jedem Konzert, jedem Auftritt, jedem Experiment, wird der Wunsch in mir größer, selbst etwas beizutragen. Schließlich sucht SaRia nach einer Person, die mit ihr und fünf anderen die *Siebenstimmigen Fugen von Zu* aufführt, die mit dem gleichnamigen Mond untergegangen sind. Ich sage zu, und aus meiner grauen Wolke entstehen Arme und Hände. Finger, die sich auf Tasten legen können. Als ich zum ersten Mal wieder ein Instrument berühre, geht ein Zittern durch mich, ein Vibrieren, ein Erdbeben. Aber links und rechts von mir sind SaRia und die anderen, und ich zerreiße nicht.

Bei der großen Party zum Erlenfest, einem fiktiven Feiertag in Veringhall, auf der wir den *Liederzyklus von Lerkan 8* in seiner Gesamtlänge von sieben galaktischen Standardstunden aufführen, brauche ich Füße zum Tanzen.

Danach ziehe ich Kalekk0 nach draußen, auf einen der in Mondlicht gebadeten Balkone des Anwesens. Leise, beinahe unhörbar flüstere ich demm zu, dass ich demm meinen Namen verraten möchte. Dass es mir schwerfällt.

„Ich habe dich an der Gedenkwand für Yular gesehen. Ich habe dich spielen gehört", erwidert dey ebenso leise. „Ich glaube, ich weiß schon lange, wer du bist. Aber dein Geheimnis ist sicher bei mir."

Und in diesem Moment, als sei es nie verstummt, beginnt wieder ein Herz in mir zu schlagen.

Mein fünftes Lied spiele ich nicht allein.

Als ich Kalekk0 gestanden habe, dass ich wieder etwas spielen möchte, etwas Eigenes, das doch die Tradition des Wiederspiels aufrechterhält, haben deren Augen aufgeleuchtet. Dey hat Nachrichten an die anderen geschickt. Sie sind in den Archiven auf die Suche gegangen, haben mir ihre liebsten Stücke geschickt, Klänge der ungewöhnlichsten Instrumente aufgenommen. Musik von Dutzenden Welten, die es nicht mehr gibt, Melodien aus längst vergessenen Zeiten. SaRia hilft mir, ein Instrument zu bauen. Es erinnert nur noch entfernt an ein Klavier. Zwar bildet eine Klaviatur das Herzstück, doch auf dem Korpus aus semiopakem Illuminiumplast ist noch genug Platz für andere Tasten, um Soundfiles abzuspielen, die die anderen Mitglieder des Wiederspiels mir geschickt haben. Ich höre sie mir wieder und wieder an, lasse mich davon inspirieren, bis ich mich bereit fühle, dazu zu improvisieren. Dann verschicke ich die Einladungen.

Als Ort für das Konzert habe ich den Park ausgewählt, in dem ich das Wiederspiel zum ersten Mal gehört habe. SaRia und Plum haben das Instrument auf einer selbstgebauten Bühne in die Mitte der größten Wiese positioniert. Die Sonne lässt das Illuminiumplast in tausend Farben funkeln. Nervös warte ich in einem Zelt, während das Gemurmel von wartenden Zuschauenden draußen anschwillt. Wie viele wohl gekommen sind? Ich spähe durch die Zeltplane, genieße den Anblick des perfekten grünen Grases, der Bäume, der Schmetterlinge, die dazwischen umherfliegen. Inzwischen habe ich ein Gefühl dafür, wann ein Abschied bevorsteht, wann die Türen sich wieder für mich öffnen werden. Ich habe Nachrichten für alle Mitglieder des Wiederspiels vorbereitet, die abgesandt werden, sobald das Konzert begonnen hat.

„Es geht gleich los." Kalekk0 steckt den Kopf durch den Zelteingang. Ich winke demm herein. Von demm will ich mich persönlich verabschieden.

„Wenn du weißt, wer ich bin, dann weißt du auch, dass das hier vielleicht mein erster und letzter Auftritt ist", sage ich vorsichtig. Kalekk0 nickt. Dey tritt näher, die Ohren angelegt, wie immer, wenn dey betrübt ist.

„Ich werde traurig sein, wenn du nicht mehr hier bist", sagt dey. „Aber ich bin so froh, dass du wieder spielen kannst."

Wir schweigen einen Moment. Das Gemurmel draußen wird lauter, ungeduldiger.

„Ich wollte dich manchmal fragen, wer du bist, wenn du nicht hier unterwegs bist", gebe ich zu.

„Aber du hast nicht gefragt."

„Irgendwann ist mir aufgefallen, dass es keine Rolle spielt. Es ist wie mit den Schmetterlingen. Dass jemand sie programmiert hat, macht sie nicht weniger schön."

„Und dass wir uns hier kennengelernt haben, macht den Abschied nicht weniger schmerzhaft."

Kalekk0 greift meine Hände noch einmal, drückt sie ganz fest.

Ich ziehe demm in eine Umarmung, für einen langen und viel zu kurzen Moment.

„Danke. Für alles. Spielt weiter, wenn ich fort bin."

„Immer."

Jetzt ist nur noch eins zu tun. Ich ändere meinen Namen, ehe ich die Bühne betrete. Nun endlich, nach all der Zeit hier, gebe ich die Buchstaben ein, die mir wenig bedeuten und mich doch definieren.

Ich hätte nicht gedacht, dass sie einen Unterschied machen. Doch die flachen, durchscheinenden Bildschirme, die zwischen den Bäumen in der Luft schweben und User*innen an anderen Orten die Möglichkeit geben, das Konzert anzuhören, füllen sich viel schneller als bei anderen Aufführungen des Wiederspiels. Die Zugriffs-Zähler steigen, Textnachrichten und Emojis werden angezeigt. Öks und Plum haben wochenlang daran gebastelt, dass die Kommentare und Reaktionen der Zuschauenden Teil des Erlebnisses sind.

Ich spiele mein fünftes Lied auf einer Wiese unter Schmetterlingen, auf einem Instrument, das ebenso wenig real ist wie die ganze CloudWelt um mich herum - und doch echt, so echt, wie nur Dinge sein können, die Bedeutung haben. Ich versinke in die Lieder, die andere mir geschenkt haben, lasse sie in mein Spiel einfließen. Die Soundfiles des Wiederspiels verweben sich mit meinen eigenen Klängen zu einem bunten Teppich, einem Mosaik aus Hunderten von Einzelteilen. Die Reaktionen der Zuhörenden werden ein Teil des Konzerts, um mich herum projiziert, ein Wirbel von Emojis, bunten Bildern und Worten, die mich umgeben wie ein leuchtender Schwarm.

Ich fühle tiefen, aufrichtigen Dank, für alle, die mir zugehört haben, die mich aufgenommen haben, für mich gespielt, mit mir gelacht. Alle, die mich angenommen haben, als ich nichts als eine graue, schweigende Wolke war. Die mir Gründe gegeben haben, wieder mehr zu sein als das. Ich hoffe, meine Abschiedsnachrichten können vermitteln, wie viel es mir bedeutet hat, Teil des Wiederspiels zu sein.

Um mich herum sehe ich die Personen, die mir zuhören, in allen Formen und Gestalten, allen Facetten.

Ich spiele mein fünftes Lied, und es ist ein Lied der Gemeinschaft.

Die Melodien, die Klänge, die Reaktionen, die bunten Diagramme über Uploads und Zugriffszahlen, die Animationen, die Soundfiles, der Applaus: Sie sind und werden eins, sie werden Ich und mehr als das, sie werden ein großes, buntes, wunderschönes Etwas, und für einen Moment bin ich überall, in jedem Klang, jedem Bild, jedem Pixel.

Dann fühle ich das vertraute Ziehen, und voller Dankbarkeit nehme ich Abschied, zerfließe sanft, in Myriaden virtueller Partikel, durch das fünfte Tor.

Das sechste Lied

Unbekannt

Inhaltshinweise: Einsamkeit, Hunger und Durst, Suizidgedanken, versuchter Suizid durch Ertrinken, Insekten

Hinter dem fünften Tor ist es still und blau und salzig.

Ich komme zu mir und fühle mich, als würde ich schweben, dahingleiten, schwerelos. Aber ich schwebe nicht. Da ist ein Schaukeln und ein Plätschern, ich treibe auf dem Rücken in Wasser, über mir nichts als federdünne Wolken und ein Himmel in Türkistönen. Mein Körper fühlt sich ungewohnt an, so nah, so unmittelbar. Ich habe in Veringhall nie darüber nachgedacht, dass ich irgendwann in ihn zurückkehren muss. Die Impulse, die auf mich einstürzen, sind ungewohnt: das Kitzeln des Wassers an meinen Ohren, das Licht, das in meinen Augen blendet, die krampfenden Muskeln in meinen Waden, als meine Füße reflexartig zu paddeln beginnen. Wo auch immer ich bin, mein Körper und ich sind wieder vereint, zwei alte Bekannte, die einander fremd geworden sind. Es sind nicht nur die Muskeln in meinen Beinen, auch alles andere fühlt sich schwach an, zittrig. Panik droht mich zu erfassen, als ich mich frage, wie weit draußen auf dem Wasser ich sein mag, wie weit mein geschwächter Körper bis zu einem rettenden Ufer schwimmen müsste. Als Kind habe ich Schwimmen gelernt, aber es gab keine Meere auf Deriton 5, und mehr als einige Bahnen in einem stark gechlorten Pool habe ich nie zurückgelegt. Doch als ich mich vorsichtig umdrehe, mit Armen und Beinen rudernd, sehe ich vor mir einen von Algen übersäten Sandstrand, keine zehn Meter entfernt.

Die zehn Meter werden zu hundert, zu tausend, als ich mich an Land mühe, erst paddelnd, dann halb im Wasser krabbelnd. Ich versuche mich auf die Beine zu stemmen, aufrecht zu stehen, es ist so mühsam, so schwer. Ich frage mich, ob ich auf einer Welt mit hoher Gravitation bin, oder nur sehr geschwächt von der Zeit, in der mein Körper nur liegend versorgt wurde, während ich in die Veringhall-CloudWelt eingeklinkt war. Am Ende krieche ich an Land, salziges Wasser spritzt mir in die Augen, meine Lungen rasseln, dehnen sich aus, zum ersten Mal seit Monaten so sehr beansprucht. Meine Muskeln brennen, mein Sichtfeld zieht sich zusammen. In einer vagen Angst vor dem fremden Meer mit seinen Lebewesen und Gezeiten schleppe ich mich auf allen vieren weiter, weg vom Wasser, in den Schatten eines gewaltigen Felsbrockens.

Dort schlafe ich erschöpft ein.

Als ich aufwache, beobachtet mich ein auf dem Stein sitzender Vogel. Er ist grau, halb von Schuppen und halb von Federn bedeckt, seine Augen sind so glühend orange, dass sie gefährlich wirken. Aber er tut nichts, er schaut nur, und fliegt schließlich mit einem leisen Krächzen davon. Ich bin noch immer schwach, aber an den Felsen gekrallt schaffe ich es, auf die Beine zu kommen. Ich sehe mich um. Vor mir liegt der Strand, Sand und Kies in einer graublauen Farbe, dazwischen Algen, Muscheln, kleine Krebstiere. Über mir der Himmel, nach wie vor türkis. Die Wolken sind dichter geworden, ich kann bisher nur eine Sonne sehen. Hinter mir versprechen hohe Schilfhalme etwas Schatten, noch weiter landeinwärts meine ich Bäume zu erkennen. Ich sehe keine Zeichen von Menschen, von Gebäuden. Vielleicht bin ich abseits der Zivilisation gelandet. Bereits jetzt melden sich Durst und Hunger. Ich muss Trinkwasser finden.

Vorsichtige Schritte landeinwärts. Der Sand zwischen meinen Zehen wird fester, dunkler. Feuchter. Vielleicht gibt es trinkbares Wasser in der Erde. Ich weiß nichts über

Natur. Aber ich sehe keine Häuser, keine Feuer. Ich bin allein. Das Gehen strengt an, frisst die Gedanken darüber, was passiert, wenn ich kein Wasser finde. Die Schilfhalme sind größer als ich, ich schiebe mich hindurch, sanftes Rascheln begleitet meine Atemzüge. Ich sehe große bunte Käfer am Boden, höre noch einmal einen Vogel krächzen. Meine Muskeln beginnen wieder zu brennen, meine Beine zu zittern. Kurz halte ich inne, sinke auf die Knie, grabe die Hände in den feuchten sandigen Boden, der so schön kühl ist. Könnte das Schilf überhaupt wachsen, wenn hier nicht irgendwo Süßwasser wäre? Aber was weiß ich schon? Dies ist eine fremde Pflanze in einer fremden Welt.

Ich gehe weiter. Die Sonne steht tiefer am Himmel, als ich zwischen den Halmen hinaustrete. Die Landschaft dahinter liegt in Grün und Blau und Grau vor mir. Einen Moment lang bin ich mir sicher, dass ich die Zivilisation erreicht habe, denn vor mir erstreckt sich eine Vielzahl kleiner, kreisrunder Hügel, aus deren Mitte jeweils eine Pflanze hoch und schmal aufragt. Doch als ich den ersten der Hügel erreicht habe und untersuche, erkenne ich, dass die runden Gebilde natürlich entstanden sein müssen. Unter der losen, sandigen Erde finde ich Wurzeln, wie ein dicht geknüpftes Netz. Ich grabe daran entlang, durstig und hilflos. Tatsächlich ist der Boden nass und in dem Löchlein, das ich aushebe, sammelt sich etwas Flüssigkeit. Ich probiere vorsichtig, nur das, was an meinen Fingern haften bleibt: Es schmeckt schal und ein wenig mineralisch, aber nicht salzig. Ich warte, gierig nach mehr, gleichzeitig voller Angst, dass die Flüssigkeit Gift für meinen Körper ist. Als ich keine Auswirkungen bemerke, grabe ich schließlich weiter, tiefer, erbeute zwei Handvoll Wasser und kann mich nicht mehr beherrschen, schlürfe sie in großen Schlucken. Dann lehne ich mich gegen die

Wurzeln, warte weiter. Beobachte die Sonne, die am Horizont tiefer wandert. Nichts passiert. Falls mir das Wasser schadet, dann nicht sofort.

Ich wandere zwischen den runden Hügeln umher, während es dunkler wird. Die Pflanzen darauf sind hochgewachsen, Blätter und Stängel von so dunklem Grün, dass es fast schwarz wirkt, mit ein oder zwei röhrenförmigen blauen Blüten. Sie sind wunderschön und duften schwach süßlich. Ich versuche mich an mein Schulwissen zu erinnern. Wie erkennt man, dass eine Pflanze essbar ist? Ich zupfe an den Blüten und Blättern, traue mich aber nicht, ein Stück von ihnen zu probieren. Wer würde mir hier helfen, wenn ich vergiftet bin? Werde ich verhungern? Wo werde ich schlafen? Als es noch dunkler wird, sehe ich ein Leuchten über dem Horizont, ein blasses Halbrund in Ockertönen. *Wie ein riesiger Mond,* denke ich. Ich erkenne hellere Schlieren darauf, vielleicht Wolken, vielleicht Stürme. Ich habe Bilder gesehen von Himmelskörpern, die einander so dicht umkreisen. Vielleicht bin ich selbst auf einem Mond, der um den ockerfarbenen Planeten kreist, vielleicht auf einer Hälfte eines Doppelplaneten. Vielleicht sind dort Menschen. Unerreichbar für mich.

Ehe die Dunkelheit die Orientierung unmöglich macht, kehre ich zurück zu der Pflanze, an deren Wurzeln ich gegraben habe. Ich schaufle mehr Erde beiseite, reiße schmale Wurzeln ab, biege größere beiseite. Frage mich dabei, ob die Pflanze meine Gier überleben wird. Frage mich, was in der Nacht zwischen den Hügeln leben mag. Erschöpft und schwach vor Hunger krieche ich unter die Pflanze, wie ein Tier in seinen Bau. Die Wurzeln pressen sich gegen meine Beine, meinen Rücken, meine Schultern. Halb fühle ich mich gehalten, halb gefangen, und auf irgendeine Weise weniger allein.

Ich erwache, als die Sonne aufgeht, hungrig und mit schmerzenden Gliedern. Wühle mich aus den Wurzeln, kühler Schlamm bedeckt meine Wangen, meine Füße. Die Sonne steht wieder am türkisfarbenen Himmel. Vögel kreisen in der Ferne. Die Pflanzen auf den Hügeln wiegen sich im sanften Wind. Während der Sonnenschein meine verspannten Muskeln ein wenig wärmt, frage ich mich, wie ich am schnellsten die Siedlungen finde, die hier irgendwo sein müssen. Und wie ich überlebe, bis ich dort angekommen bin.

Ich grabe noch einmal unter einer anderen Pflanze nach Wasser, trinke, bis mein Bauch voll ist und beim Gehen leise gluckst. Dann breche ich auf, weiter landeinwärts. Ich wandere zwischen den Blumenhügeln hindurch. Ab und zu sehe ich einen der schillernden Käfer und frage mich, ob man sie essen kann, ehe ich sie dann doch davonkrabbeln lasse. Mein Magen krampft sich vor Hunger zusammen, und schon ehe ich das Ende der Hügellandschaft erreicht habe, zittern meine Beine wieder vor Anstrengung. Ich habe meinen Körper noch nie so gespürt, so unmittelbar, so schutzlos. Auf Kexxil war die Umgebung viel lebensfeindlicher, aber mein Körper war durch Schutzanzüge und Atemgeräte vor den extremen Temperaturen und den Stürmen abgegrenzt. Jetzt ist er in nichts als den dünnen grauen Stoff gehüllt, in der er die Zeit in der Schlafkammer verbracht hat, während ich in Veringhall war. Ich habe nichts bei mir, um mich zu schützen, um zu kommunizieren, um mich zu versorgen oder zu wärmen.

Und während ich weiterwandere, schwach einen Fuß vor den anderen setze, wird die Gewissheit größer, dass ich hier allein bin.

Ich durchstreife die fremde Welt, nicht bereit aufzugeben. Hinter den Blumenhügeln ragen hohe Gebilde auf, die mir wie Bäume erscheinen. Erst aus der Nähe erkenne ich, dass es hohe, säulenförmige Felsnadeln sind, an denen sich Moose und Rankenpflanzen nach oben ziehen. Zwischen ihnen finde ich immer wieder Rinnsale von Süßwasser. Später erreiche ich eine gewaltige Felsformation, die aus der Ferne künstlich wirkt, aber natürlich gewachsen ist: zwei riesige, gewölbte Wände aus dunkelgrauem Gestein, die zusammen einen beinahe perfekten Halbkreis bilden. Darunter liegt grün-graues Halbdunkel, die Lebensformen sind andere: Pflanzen mit gedrungenen, blassen Blättern, Pilze, die an den Wänden wachsen, hellblaue Würmer von der Größe meines Daumens. Ich esse, endlich. An diesem Punkt ist mir egal, ob mein Körper das Essen verdauen kann, ich kann den Hunger keinen Augenblick mehr ertragen.

Ich überlebe.

Die Pflanzen aus der Hügellandschaft haben andere, größere Verwandte. Ich finde einen ganzen Wald aus den hohen schmalen Stängeln, die ich mit zwei Händen kaum umfassen kann, daran ledrige, riesige Blätter. Ich zerre und reiße zwei davon ab, bearbeite sie mit einem scharfen Steinsplitter. Ein Stück der Blätter dient mir als Beutel für Wasser, ein anderes lege ich um meine Schultern wie einen Umhang.

Ich gehe und suche, bewege mich vorsichtig, verstecke mich nachts unter Wurzeln und in kleinen Höhlen. Nie sehe ich ein Tier, das größer ist als ein Vogel oder eine der rötlichen Echsen, die auf den Felssäulen herumklettern. Nie sehe ich etwas, das auf Menschen hinweist. Wenn es dunkel wird, blicke ich zu dem großen ockerfarbenen Himmelskörper auf, der so nah scheint, so greifbar, und doch so unendlich weit weg ist. Meine dünne graue Kleidung bekommt Risse und Löcher. Die Haut an meinen Füßen wird dunkel und hart und rau. Doch das Brennen und Schmerzen in meinen Muskeln lässt nach. Bald kann ich sogar wieder springen und an den Felsen emporklettern. Ich lerne, wo ich verlässlich Wasser finde, welche der Pflanzen und Pilze mich am längsten sattmachen.

Als ich aufgebe, bin ich wieder am Meer.

Ich weiß nicht, wie viel der einsamen Welt, die mich umgibt, ich durchwandert habe. Der Strand jedenfalls, an dem ich innehalte, sieht aus wie der Ort, an dem ich aufgewacht bin. Ich sitze im graublauen Sand und sehe den Wellen zu. Ich bin mir inzwischen sicher, der einzige Mensch zu sein, der diesen Mond oder kleinen Planeten jemals betreten hat. Ich habe aufgegeben, nach anderen Menschen zu suchen. Aufgehört zu hoffen, jemals wieder ein Gespräch zu führen oder in die Augen einer anderen Person zu blicken.

Meine Hände spielen mit dem Sand, den kleinen Kieseln.

Warum haben die Türen mich hierhergebracht, in eine Welt ohne Menschen, ohne Publikum? Ohne Instrumente?

Ist das die letzte Station meiner Reise? Haben sie mir den Wert von Gemeinschaft gezeigt, nur, um mir jeden Kontakt wieder zu entreißen? Mich zu verdammen, den Rest meiner Tage allein zu verbringen? Es kann kein Zufall sein, dass ich auf einer Welt gelandet bin, in der es Luft gibt, die ich atmen kann, Wasser, das ich trinken kann. Der es an Raubtieren und Giften mangelt, die einem Menschen gefährlich werden können. Ich könnte hier jahrelang überleben. Jahrzehntelang. Allein. Ich denke an die *Silemon VII* und ihre lange Reise. Wenigstens haben sie einander. Ich erinnere mich an Pinns Lachen, an Khalis' starke Hände, an Kalekk0s Harfenspiel. Die Gedanken sind tröstend und flüchtig zugleich, wie Sand, der mir unweigerlich durch die Finger rinnen wird. Wie lange wird es dauern, bis ich nicht mehr genau weiß, wie Izzanis Stimme klang? Wie der Likör in Zerris Bar schmeckte?

Die Wellen glitzern in der Sonne.

Wie tief mag das Meer sein?

Wie schwer mag es sein, zu ertrinken?

Als Kind habe ich die Abenteuerfilme geliebt, die nachmittags für wenige Credits in der HoloScreen Plaza liefen. Wenn darin jemand auf einer einsamen Insel oder einer unbewohnten Welt strandete, ging es immer darum, sich dort einzurichten, eine Unterkunft zu schaffen. Ich erinnere mich an unzählige Szenen, in denen mit einem Stück Glas, mit Stöcken oder einem Klecks Brennplast ein Feuer entzündet wurde. Gefolgt von einer Montage: Tiere wurden gejagt, Fleisch abgehangen. Eine Hütte gebaut, manchmal ein Boot. Dann, wenn alles fertig war, die gestrandete Person sich eingerichtet hatte, passierte wieder etwas Spannendes.

Ich mache kein Feuer.

Es ist warm genug hier, selbst nachts, wenn man sich nicht gerade unter klammen, feuchten Wurzeln versteckt. Es gibt genug Nahrung, die mich sattmacht und einigermaßen schmeckt, auch ohne sie zuzubereiten. Ich finde jeden Tag einen Ort, an dem ich schlafen kann, auch ohne mir ein Eckchen dieser Welt abzustecken und zu eigen zu machen. Es würde ohnehin nichts ändern. Die Blume auf den Hügeln, die Käfer, die Vögel, die Wellen: Dies hier ist ihre Welt. Ich bin das, was hier nicht hingehört.

Nachts wache ich manchmal auf, weil meine Hände sich im Traum über imaginäre Tasten bewegen. Ich wache auf, halte meine Finger fest. Es gibt keine Lieder hier.

Ich vergesse die Zeit. Vergesse mehr und mehr, dass ich jemals nicht allein war. Es gibt keine Jahreszeiten, nur Tag und Nacht, Ebbe und Flut. Ich wandere vom Meer zu den Steinsäulen, von den Blumenhügeln in das Dämmerdunkel unter den Felshängen. Mein Körper, der mir am Anfang so fremd war, wird duldsam und stark und geschmeidig, mit Beinen, die mich kilometerweit tragen, mit Augen, die das dunkle Violett der essbaren Beeren unter den grünen Moosflechten finden. Mit Händen, die aus den riesigen Blättern, aus Schilfhalmen, aus dünnen Wurzeln das Wenige formen und erschaffen, was ich brauche.

Mit einem Herz, das weiterschlägt, immer weiter, seinen eigenen Takt, einen Rhythmus, den niemand hört.

Ich lerne die Welt immer besser kennen und finde trotzdem noch Dinge, die mir neu sind. Manchmal passiert etwas Unvorhergesehenes. Ich entdecke ein Vogelnest mit winzigen Küken, die mich zum Lächeln bringen. Sehe das Moos blühen. Selten, ganz selten, regnet es, und jedes Mal fühlt es sich an wie das Schönste, das mir je passiert ist. Manchmal erinnert mich eine Blüte an die Blumen auf Yular, manchmal hat der Sand denselben Schimmer wie der auf Kexxil, und die Einsamkeit durchbohrt mich für einen Moment wie tausend Nadeln. Ich hoffe, dass die Momente seltener werden. Ich fürchte mich davor, dass sie verschwinden.

Ich kehre zum Meer zurück, wieder und wieder, in kürzeren Abständen. Es ist der schönste Anblick dieser Welt für mich, eine Schönheit, die mit dem Versprechen lockt, mich zu erlösen. Wenn ich nur so weit hinausschwimme, dass ich es nicht mehr zurückschaffe.

Eines Nachts wage ich mich ins Wasser, tiefer als je zuvor. Das Meer ist so still, dass die Sterne sich darin spiegeln. Im Licht des Ockermonds tauche ich hinab.

Beobachte die Luftblasen, die meinen Mund verlassen. Und dann sehe ich unter mir ein Leuchten: Lumineszierende Unterwasserwesen schweben schwerelos durch Türme von Korallen, mühelos tanzend. Ihre Körper falten sich, fächern sich auf, ziehen schimmernde Tentakel hinter sich her. Der Anblick ist so unerwartet, von so schmerzhafter Schönheit, dass ich nicht anders kann, als wieder aufzutauchen, Luft in meine brennenden Lungen zu lassen.

Ich treibe auf dem Rücken, die Sterne über mir, Salz in meinen Augen.

Als ich an Land zurückgekehrt bin, verfolgt mich der Anblick der Unterwasserwesen bis in meine Träume. Ich verlasse den Strand nur noch selten. Ich lerne, die Luft länger anzuhalten, tiefer zu tauchen, verliere mich in der Welt unter den Wellen: winzige bunte Fische, träge in der Strömung tanzende Quallen, pulsierende Korallen. Und als ich in einer Nacht wieder aus dem Wasser steige und mich erschöpft in den Sand fallen lasse, wird mir endlich klar, warum ich den Anblick dieser Meereskreaturen so faszinierend finde. Sie haben einen Rhythmus. Sie haben, in ihrem selbstvergessenen Tanz, sogar beinahe eine Melodie.

Danach sehe ich die Welt, als wäre ein Schleier fortgezogen worden. Als hätte sich eine Reihe von verwirrenden Symbolen endlich in einen Text verwandelt, den ich lesen kann. Ich höre überall Klänge, Rhythmen, Melodien: Im ewigen, unermüdlichen Brechen und Auflaufen der Wellen, in den Schreien der Vögel. Im zarten Wispern der Käferbeine auf Kies und Sand, im Wind, der sich zwischen den Felssäulen fängt. Aus einem trockenen, verholzten Schilfhalm baue ich meine erste Flöte.

Die Töne, die sie hervorbringt, sind schief und schrill, aber es sind Töne. Ich probiere sie aus, lasse sie durch die Felssäulen hallen, über den Strand. Manchmal ruft einer der Vögel, als würde er antworten. Einmal muss ich lachen, weil der Ton, den ich spiele, so grell und gequält klingt. Das Geräusch schallt durch die Felsen, wird zurückgeworfen. Ich lausche überwältigt. Ich wusste nicht mehr, wie mein Lachen klingt.

Ich baue eine zweite Flöte. Eine dritte. Ich schneide Schilfhalme, tauche im Meer nach versteinerten Korallen. Sammle Flechten, um die Rohre zusammenzufügen. Ich spiele, probiere, erschaffe mir ein Instrument und taste mich daran heran, wie es klingen könnte. Ich spiele am Strand, versuche meine Melodie zwischen das Rauschen der Wellen zu legen. Ich stelle mich zwischen die Blumenhügel, suche nach Klängen, die so weich und schimmernd sind wie die blauen Blüten. Ich dachte, keine Lieder mehr zu haben, allein auf dieser Welt, ohne eine einzige Person, die mir zuhört. Aber als ich einmal angefangen habe, finde ich so viele Melodien, so Vieles, was ich ausdrücken kann, auch wenn nur ich es höre.

Meine Flöte findet Töne für die Angst, die Gesichter all jener zu vergessen, die mir etwas bedeuten. Für die wortlose, wühlende Sehnsucht nach dem Ockermond, der jede Nacht am Himmel steht, auf dem vielleicht andere Menschen sind, die zu meiner kleinen Welt aufsehen, ohne zu wissen, dass ich zurückblicke. Der Wunsch nach einem Echo, einem Widerhall fliegt aus meiner Kehle, meinen Fingern, geht als Musik auf die Suche. Und manchmal, nur für einen Wimpernschlag, glaube ich eine Antwort zu hören.

Mein sechstes Lied spiele ich in einer sternklaren Nacht auf meiner Flöte aus Schilf und Korallen. In den Tagen zuvor bin ich noch einmal die vertrauten Wege gegangen, durch die Blütenhügel, den Felswald, das Dämmerdunkel. Habe noch einmal die Vögel beobachtet, den Käfern zugesehen. Abschied nehmen ist wichtig, und das Kribbeln in meinen Fingern, das plötzliche, wilde Stolpern meines Herzschlags, sagen mir, dass ich bald nicht mehr hier sein werde.

Nun sitze ich am Strand, auf dem Felsen, in dessen Schatten ich am Tag meiner Ankunft geschlafen habe. Das Meer ist still und glatt wie ein Spiegel, der Ockermond leuchtet heute besonders hell. Ich habe mit den Wellen und den Vögeln gespielt, mit dem Wind und für die Sterne. Aber heute sind keine Geräusche um mich. Nur der Klang meiner Flöte zerteilt die Nacht. Meine Finger wandern über das Instrument, meine Lippen entlocken ihm die Töne, meine Füße trommeln auf dem Felsen. Mein Herzschlag bildet den Rhythmus, der allem zugrunde liegt. Alles, was ich spiele, entspringt mir selbst. Ein seltsames Gefühl von Glück stellt sich ein, während ich spiele. Das Glück, überlebt zu haben. Das Glück, nicht an der Einsamkeit verzweifelt zu sein. Das Glück, genug gewesen zu sein.

Ich spiele mein sechstes Lied, und nur das Meer und der Mond und die schweigenden Sterne bezeugen meine Melodie.

Ich spiele mein sechstes Lied, und es ist ein Lied nur für mich.

Die sechste Tür öffnet sich als schimmerndes Portal im Wasser, dort, wo der Ockermond sich im Meer spiegelt. Ich schwimme hinaus, hinaus, so weit wie nie zuvor, und tauche hinab, den süßen Duft der blauen Blüten in der

Nase. Das Nichts hinter dem Tor fühlt sich greifbarer an, mit jedem Mal mehr. Zum ersten Mal frage ich mich, wie viele Lieder mir noch bleiben.

Das siebte Lied

Tzrilic

Inhaltshinweise: Krankenhaus, Selbstaufgabe, Nacktheit und Sex (nicht explizit), tragische Liebe, Alkohol

„Erzähl mir von den Sternen", sagt T'irl, als wir nackt auf seinem Bett liegen. Die Illusorfenster, die einen falschen Nachthimmel zeigen, sind ausgeschaltet. Das ewig gleißende Licht von Tzrilic fällt durch die VisorSteel-Scheiben herein und vertreibt alle Schatten. Ich sehe die winzigen Falten um T'irls Augen, die rötlichen Abdrücke, die das verknüllte Laken im Schlaf auf seinen weichen Oberschenkeln hinterlassen hat.

„Am schönsten sind die Sterne, wenn man nicht mit ihnen rechnet", sage ich. „Wenn die Wolken aufreißen und sie dahinter sichtbar werden. Wenn das künstliche Licht der Stadt ausfällt oder hinter dir zurückbleibt und sie auf einmal so viel klarer werden, so viel größer."

„Die schönsten Dinge sind die, mit denen man nicht rechnet", wiederholt er lächelnd, und wie zwei sich anziehende Himmelskörper bewegen wir uns langsam und unausweichlich aufeinander zu.

„Mach die Nachtfenster wieder an", bitte ich zwischen zwei Küssen. Ich ertrage das gleißende Licht nicht lange. Es beleuchtet alles, jeden Zwischenraum, jede Unebenheit. Es kriecht in Schweigen, in Gesten und Ungesagtes und verwandelt sie in Fragen, die nach einer Antwort verlangen.

Ich will nichts lieber, als die Fragen zu vergessen. Für eine weitere künstliche Nacht.

Als ich auf Tzrilic aus dem Tor kam, wurde ich als erstes in ein Krankenhaus gebracht. Kaum war ich aus der Tür gestolpert, die hinter mir durchscheinend wurde und verschwand, war ich schon von besorgt schauenden Menschen umringt. Sie wagten nicht, mich zu berühren und riefen auf ihren Kommunikatoren nach einem Noteinsatzteam, während ich die Hände über die Augen presste. Alles war hell. Alles war laut. Die Gravitation war anders, schien mich zu Boden zu zerren. Die schiere Präsenz von menschlichen Körpern um mich herum war nach so langer Zeit zu überwältigend.

Erst im Nachhinein wurde mir klar, welchen Anblick ich geboten haben muss: eine aus dem Nichts erschienene Person mit zerfetzter Kleidung, teilweise in Blätter gehüllt, seit wer weiß wie lange nicht in Berührung mit heißem Wasser, CleanGel oder Reinigungsultraschall gekommen. Zwei Security-Glider tauchten auf, hielten sich aber im Hintergrund. Die zwei Medics und die Pflegedrohne, die auf mich zukamen, besprühten mich mit einem desinfizierenden Schaum, der sich nach einigen Momenten knisternd auflöste. Dann fragten sie, ob ich mich an meinen eigenen Namen erinnern und ihnen sagen konnte, welcher Tag gerade sei. Mein Herz hämmerte wie wild, als ich ihre Stimmen hörte. Echte Stimmen, von echten Menschen. Menschen, die so nah waren, dass ich sie hätte berühren können. Ich musste mich mehrfach räuspern, meine Stimme war brüchig, das Reden nicht mehr gewohnt. Ich gab zu, keine Ahnung zu haben, welcher Tag war und wo ich mich eigentlich befand, und ging freiwillig mit ins Krankenhaus. Ich fühlte mich schwach, schwächer als vor meinem Abtauchen ins Tor. Als würde mit jeder Reise durch das Nichts mehr von mir dort zurückbleiben. Nach einigen Untersuchungen, Behandlungen und gründlichen Duschen nahm sich einer der Medics Zeit für mich. Ich erzählte von den Toren, sagte, dass ich eine Weile auf einer unbewohnten Welt gestrandet war. Zeigte ihm Aufnahmen aus Yular, als Beweis dafür, dass ich wirklich dieselbe Person war. Während die Bilder auf dem kleinen Tablet liefen, fragte ich mich, wen ich eigentlich belügen wollte. Vielleicht konnte ich damit belegen, dass ich wirklich dort gewesen war, dass ich mir die Reise von Ort zu Ort nicht einbildete. Aber ich war nicht mehr die Person, die dort Klavier spielte.

„Ich bin also Qui“, sagte ich, als die Aufnahmen zu Ende gelaufen waren, in der Hoffnung, er würde mir Glauben schenken. Das Lächeln in seinen hellen Augen ließ mich aufatmen.

„Willkommen auf Tzrilic, Qui. Mein Name ist T'irl.“

In neuer Kleidung und mit einem einfachen Kommunikator verlasse ich nach drei Tagen das Krankenhaus. Der Himmel ist immer noch komplett weiß, wie von aus sich heraus leuchtenden Wolken bedeckt. Das Licht sticht in meinen Augen, und ich frage mich, wohin ich gehen soll, ohne Geld und ohne Unterkunft. Und dann steht T'irl einfach vor dem Ausgang. „Ich dachte, du kannst Unterstützung brauchen“, sagt er, und ich nicke dankbar.

Er lädt mir ein paar Credits auf meinen Kommunikator und ich verspreche, sie so schnell wie möglich zurückzuzahlen. „Willst du noch die günstigsten Unterkünfte in Frii wissen?“, fragt er.

„Kommt drauf an. Was ist Frii?“

„Du weißt wirklich gar nichts über Tzrilic, oder?“

„Ich weiß, dass das Krankenhausessen mir nicht schmeckt und hier überraschend hilfsbereite Menschen leben. Und das ist ungefähr alles.“

T'irl lacht. „Um die Ecke ist ein Schnellrestaurant. Mit garantiert besserem Essen. Darf ich dir eine Suppe ausgeben und dir das Wichtigste über Tzrilic und Frii erzählen?“

„Das wäre toll. Beides.“

Später werden wir beschließen, dass das unser erstes Date war.

Frii ist der Name der Stadt, in der wir uns befinden. Die Suppe ist wirklich gut. Und T'irl bringt mich mit seiner Schilderung des ekelhaftesten Essens jemals im Krankenhaus so sehr zum Lachen, dass mir ein Stück Gemüse fast im Hals steckenbleibt. Während wir im beinahe leeren Restaurant sitzen, erzählt er mir die wichtigsten Fakten über Tzrilic: Ein zirkumbinärer kleiner Planet ohne Mond, der um einen blauen Doppelstern namens BeTeGenum kreist. Die Strahlkraft dieser doppelten Sonne ist gewaltig und sorgt gemeinsam mit einigen Besonderheiten der Atomsphäre von Tzrilic dafür, dass es hier niemals dunkel wird. Nachts ist der Himmel eher hellblau als strahlend weiß, aber echte Dunkelheit gibt es nicht.

„Früher soll das anders gewesen sein", erzählt T'irl und rührt Süßstoff in den Tee, den er für uns bestellt hat. „Es gibt alte Geschichten über echte Nächte, und über Sterne am Himmel. Ich weiß nicht genau, woran es liegt, dass wir sie nicht mehr sehen können. Vielleicht eine Veränderung in der Atomsphäre oder der Strahlkraft der Sonnen. Das muss Generationen her sein. Ich weiß nur, dass wir die Dunkelheit verloren haben."

Er sieht so ehrlich betrübt aus in diesem Moment, so traurig über den Verlust von etwas, das er nie gekannt hat. Vermutlich war es dieser Augenblick, der in mir den Wunsch weckte, noch viel mehr Tee und Suppe mit ihm zu teilen.

Ich erfahre, dass die Bewohner*innen von Tzrilic sich ebenfalls vor Generationen von dem ohnehin kaum sichtbaren Rhythmus von Tag und Nacht gelöst haben. Die Zeitrechnung ist planetar einheitlich, alle Räume lassen sich für Schlafphasen verdunkeln. Der Planet exportiert einige seltene Gesteine und Kristalle, Medizintechnik und langlebige Energiezellen, die mit dem Licht des Doppelsterns aufgeladen sind. Trotzdem ist Tzrilic kein Ort, der viel Kontakt mit dem Rest der Galaxis hat.

„Wir sind ziemlich weit weg vom nächsten bewohnten System, und viele Schiffe scheuen den Weg durch die Atmosphäre. Irgendwas mit Fehlern in den Messinstrumenten. Es gibt nur einen Raumhafen hier, in Neec. Frii ist sowieso zu klein dafür." Die Stadt, in der ich gelandet bin, ist ein Ort mit nur ein paar zehntausend Bewohnenden, der am bekanntesten für die Hochschule für MediTech ist. „Es gibt aber in jedem Zyklus nur ein paar Plätze, um dort zu lernen", sagt T'irl und schaut aus dem Fenster zu einem hohen Gebäude im Zentrum der Stadt. „Ich stehe schon seit Jahren auf der Warteliste, aber es hat noch nicht geklappt. So lange arbeite ich weiter als Medic, aber das ist eigentlich fast nur Beaufsichtigen von Medi-Drohnen und Überwachen von Monitoren."

„Und Suppe essen mit fremden Gestrandeten?", scherze ich und erschrecke mich, als sein ernstes, schmales Gesicht verlegen dreinschaut.

„Ist dir das unangenehm?", fragt er rasch. „Ich wollte wirklich nur … "

„Nein!" Ich rufe es so laut, dass die Bedienung sich zu uns umdreht. „Ich wollte nur einen Witz machen. Tut mir leid. Ich … ich war sehr lange nicht mehr unter Menschen."

„Willst du davon erzählen? Ich habe mich natürlich gefragt, was dir passiert ist, dass du so … " Wieder verstummt er.

„Schon gut", sage ich lächelnd. „Ich muss ziemlich schlimm ausgesehen haben."

Dann bestellt T'irl noch einen Tee, und ich erzähle. Von Yular, von Veringhall, von der langen Zeit allein. Meine

Stimme stolpert und wird heiser, ich habe so lange nicht mehr als wenige Worte gesprochen. T'irl nickt und hört zu, stellt ab und zu Fragen. Seine hellen Augen sind voller Interesse und Neugier und ein wenig Mitleid.

Wir sitzen im Restaurant, bis die Bedienung uns mitteilt, dass es jetzt schließt.

„Ich habe eine Schlafcouch", sagt T'irl, als wir auf die Straße treten. Er sieht mich fragend an.

Ich nicke.

Ich suche mir keine günstige Unterkunft, nicht an diesem Tag und an keinem anderen.

Am Anfang sage ich mir, dass ich erst eine Möglichkeit finden muss, Credits zu verdienen. Ich habe keine Ahnung, ob man hier in Frii vom Musizieren leben könnte oder welche Jobs es sonst für mich gäbe. T'irl bringt mir Kissen und eine Decke und macht am nächsten Morgen Tee, ehe er ins Krankenhaus aufbricht. Abends erzählt er mir von seinem Tag, von den Menschen, die er behandelt hat. Er hat sich alle Namen der Patient*innen gemerkt, an diesem Tag und an allen anderen.

Als ich eine Arbeit als Aushilfe in einem Geschäft für Brillen, Kontaktlinsen und künstliche Augen gefunden habe, sage ich mir, dass ich erst ein paar Credits für den Umzug sparen will. Ich könne bleiben, solange ich will, sagt T'irl, und ich kaufe uns von meinem ersten Gehalt die sündhaft teuren Teebecher aus dem Import-Shop, die wir sonst nur im Schaufenster bewundert haben. Sie sind dunkelblau, mit einem Sternenmuster, das echte Konstellationen zeigt.

Schließlich kommen T'irl und ich zu der Übereinkunft, dass es eigentlich sehr sinnvoll ist, wenn wir beide uns den Haushalt und die Kosten für Lebensmittel teilen. Morgens frühstücken wir gemeinsam, mit Tee aus den Stern-Tassen und Insta-Porridge, mit viel Sirup für mich und getrockneten Früchten für ihn. Er weiß, dass ich manchmal nachts aus Albträumen aufwache und ein paar Folgen meines liebsten ScreenDramas *Aufbruch nach Bort 7* schaue, bis ich wieder einschlafe. Ich kenne das leise Surren, mit dem sich morgens sein linker Fuß aktiviert, der nach einem Unfall, den T'irl als Kind hatte, durch eine Implaprothese ersetzt wurde.

Als wir offiziell beschlossen haben, dass ich nicht ausziehen werde, kaufe ich von den gesparten Credits ein Bett, T'irl teilt im Wohnraum mit einem Soundproof-Vorhang einen eigenen Bereich für mich ab. Zur Feier des Tages gehen wir wieder Suppe essen: Getreide-und-Kräuter für ihn, Scharf-und-Fruchtig für mich. Danach gehen wir durch den kleinen Park hinter dem Krankenhaus. Kompakte, beinahe kugelförmige Büsche mit blassen Blättern und leuchtend orangefarbenen Beeren säumen die Wege. Das Gras dazwischen sieht so grün aus, dass ich es für künstlich halte. Das Licht ist immer noch ungewohnt für mich, die blendende Helligkeit, die kaum vorhandenen Schatten. „Ich habe dich noch nie spielen hören“, sagt T'irl, als wir die Wege entlangspazieren, auf denen dunkelgraue Kieselsteine die gleißend helle Umgebung etwas erträglicher machen.

„Ich wollte mich auf etwas anderes konzentrieren.“ Seit ich Deriton 5 verlassen habe, ist es immer nur um die Musik und die Türen gegangen, um die Orte, an die sie mich geführt haben. Um die Frage, was mein nächstes Lied sein würde, für wen ich es spielen würde. Seit ich auf Tzrilic bin, seit ich endlich wieder Menschen um mich habe, habe ich nicht einmal an Instrumente gedacht. Zu sehr genieße ich es, ein Leben auszukosten, das beinahe wie das ist, das ich vor meinem Aufbruch klein und langweilig fand.

„Vielleicht willst du irgendwann trotzdem etwas für mich spielen?" T'irl ist stehen geblieben, und zeigt nach oben: Der Himmel verfärbt sich. Die Kuppel über dem Park simuliert Dämmerung, bald wird es dunkel sein, eine Schutzmaßnahme, damit die Pflanzen unter dem Licht nicht völlig verbrennen.

„Bestimmt. Irgendwann." Ungebetene Gedanken schleichen sich in die länger werdenden Schatten. Gedanken daran, dass jedes Lied das letzte sein könnte. Das letzte, das ich spiele, ehe die Türen mich von hier fortreißen – vielleicht sogar das letzte überhaupt. Trotzdem denke ich darüber nach, welche Töne zu T'irl passen würden, einige Klänge formen sich als Ideen in meinem Kopf.

„Qui?" T'irl schaut besorgt. „Ist alles in Ordnung?"

Ich sehe ihn an. Das künstliche Abendlicht spiegelt sich in seinen Augen, als stünden sie in Flammen.

„Jedes Lied bringt einen Abschied mit sich", flüstere ich. „Und ich weiß nicht, wie ich mich jemals von dir verabschieden soll."

Sein Gesicht ist ganz nah. Seine Arme umfassen vorsichtig meinen Rücken, meine Hände suchen seine Schultern.

„Darf ich dich küssen?"

Das Bett hinter dem Vorhang bleibt unbenutzt.

Wir bauen uns ein Nest, T'irl und ich.

Ein Nest aus Lieblingsessen und Lieblings-ScreenDramas, aus im Bett verbrachten Vormittagen und Witzen, über die nur wir beide lachen können. Aus Spaziergängen und Ritualen. Er stellt mich seinen Müttern vor, seinem ältesten Freund, seinen Kolleg*innen. Ich erzähle ihm von meinen Eltern, meiner Jugend, vom Klavierunterricht hinter der grünen Tür. Manchmal träumen wir davon, gemeinsam ein

Raumschiff zu besteigen und die Sterne zu sehen, aber es bleiben Träumereien. Die Kosten für Passagen auf den wenigen Schiffen, die überhaupt welche anbieten, sind hoch. Wir müssten beide sparen, für die Reise vielleicht unsere Jobs aufgeben. Stattdessen kaufen wir uns ein Sternenhimmel-Modul für die VisorSteel-Fenster in unserer Wohnung. Nachts stellen wir es auf immer neue Welten ein und stellen uns vor, wir wären gemeinsam dort, unter echten Sternen, in echter Dunkelheit. Eine Illusion, an die wir beide so fest glauben, dass sie beinahe nach Wahrheit schmeckt.

Hier vergesse ich die Zeit nicht, im Gegenteil: Schmerzlich erinnert mich jeder neue Tag, jede neue Stunde daran, wie lange ich schon hier bin, wie viel gemeinsame Zeit wir schon hatten. Wie viele Herzschläge ich den Türen stehlen konnte, nur für mich. Wie viele Nächte unter dem falschen Sternenhimmel. Jeden Tag frage ich mich, wie lange ich noch bleiben kann, ob schon ein Viertel unserer gemeinsamen Zeit vergangen ist, die Hälfte, fast nichts. Fast alles.

Es sind die einzigen Gedanken, die ich nicht mit ihm teile.

Eines Abends sind wir in einer HoloGame-Halle mit T'irls Kolleg*innen. Wir haben Feuerbeerenschnaps getrunken und lachen ununterbrochen. Bei einem der Spiele müssen wir Noten auf einer virtuellen Tastatur spielen, während die anderen dazu passende Tanzschritte nachmachen. Ich bin an der Reihe, spiele die ersten Töne, die von Synthesizern verzerrt und mit automatischen Beats unterlegt durch die Halle wabern. Und mit einem Mal ist kein Lachen mehr übrig. Meine Fingerspitzen scheinen zu kribbeln, zu brennen. Ich mache zum ersten Mal Musik, seit ich hier bin. Ein solch buntes Spielzeug schien nicht gefährlich zu sein, aber jetzt habe ich es berührt und stehe in Flammen. Klänge und Melodien steigen in mir auf, brechen wie Geschosse durch eisbedecktes Wasser. Ich möchte gehen. Möchte die lachenden Menschen stehen lassen und das nächste Instrument finden, sei es Klavier oder Flöte. Ich will spielen, die Dinge in mir finden, die Worte niemals erreichen können. Einen Moment lang sehe ich es vor mir: Ich, allein an einem alten Klavier, in einem dunklen Raum.

Dann rempelt mich T'irls Kollegin Gless an im Versuch einen besonders großen Ausfallschritt zu tanzen. Sie kichert eine Entschuldigung, und ich bin wieder im Hier und Jetzt.

„Komm, Qui, wir sind mit dem Tanzen dran!" T'irl nimmt meine Hand. Seine Haut ist so kühl, so greifbar, so viel realer als die Melodien in meinem Kopf, und ich greife danach und halte mich an ihr fest.

Die ungespielten Lieder verlassen mich nicht. Ich höre sie in meinem Kopf, ich fühle ihren Takt in meinen Schritten. Ich sehe sie in den winzigen, schmalen Schatten, die das Licht zulässt, und die mich an die schwarzen Tasten der Klaviatur erinnern. Nachts wache ich manchmal auf, weil meine Fingerspitzen zu glühen scheinen. Ich presse sie in die Laken, gegen T'irls glatte, weiche Haut.

Noch nie war ich so nah. So nah an einer anderen Person, so nah an etwas, das sich ganz anfühlt, nach mehr als Fragmenten. T'irl und unsere Wohnung, unser Leben, unsere kleinen, unsinnigen, heiligen Rituale. Nichts davon will ich verlieren.

Aber jeden Tag werden die Melodien in mir lauter.

Ich bin unkonzentriert, wenn ich arbeite. Abgelenkt von jedem melodischen Klingelton eines Kommunikators, jedem

Jingle, der aus den Werbescreens ertönt. Ich melde mich freiwillig für die Arbeit im Lager und in der Buchhaltung, stelle die Geräuschunterdrückung der Räume auf volle Stufe. Aber meine eigenen Schritte verraten mich, geben einen Takt vor, wenn ich laufe, meine eigenen Hände schnipsen und trommeln, wenn ich einen Moment lang die Konzentration verliere. Während ich Bestellungen für Infrarot-Kontaktlinsen, Hormonimplantate und DermaCare-Heilpflaster abarbeite, fange ich an zu summen, ohne es zu wollen. Wenn ich mich ertappe, verstumme ich schnell wieder, doch ein Pfeifen und Sirren setzt sich in meinen Ohren fest, lässt mir keine Ruhe.

T'irl merkt, dass mich etwas quält. Wenn ich nachts mit rasendem Herzen wach werde, zieht er mich in seine Arme, hält mich fest. Wenn ich zusammenzucke, wenn die Hintergrundmusik in den ScreenDramas zu laut ist, schaltet er den Ton ab.

Und eines Abends schaltet er den Bildschirm ganz ab und schaut mich an.

„Was ist los, Qui?"

Ich schweige einen Moment, suche nach Ausreden, nach Lügen. Ich will ihm versprechen, dass ich nie wieder ein Lied spielen werde, wenn ich nur bei ihm bleiben kann. Aber es ist, als würde das viel zu helle Licht durch die abgedunkelten VisorSteel-Scheiben dringen. Kein Platz mehr für Lügen. Kein Aufschub mehr für die Antwort auf die Frage, ob das hier, dieses Leben, diese Liebe, Bestand haben kann. Ich rede und rede und erkläre, kann nicht aufhören, sage alles, was ich bisher nicht ausgesprochen habe. Am Ende sitze ich auf dem Boden, tränenüberströmt. „Wir leben von gestohlener Zeit, T'irl. Und ich weiß nicht, wie lange uns noch bleibt."

Sanft beugt er sich zu mir, küsst meine tränenüberströmten Wangen, meine Stirn, meine Lippen. „Ich wusste, wer du bist, Qui", sagt er. „Und ich bin dankbar für alles, was wir haben. Aber du kannst nicht aufhören zu spielen. Nicht, wenn es so ein großer Teil von dir ist." Er schweigt einen Moment, ehe er ergänzt: „Ich würde dich lieber verlieren als zuzusehen, wie du dich selbst verlierst."

Wir verkaufen das unbenutzte Bett und kaufen dafür ein günstiges, gebrauchtes Keyboard. Es erinnert mich an das, auf dem ich auf Yular gespielt habe. Ich sage mir, dass T'irl ohne mich weiterleben wird, dass ihm keine Gefahr droht. Ich sage mir, dass wir mehr Zeit zusammen hatten, als ich jemals gehofft hatte mit einem anderen Menschen zu verbringen.

Nichts davon macht den Abschied leichter.

Wir gehen zu letzten Verabredungen, von denen außer uns niemand weiß, dass sie die letzten sind. Gehen noch einmal tanzen mit T'irls Kolleg*innen, noch einmal essen mit seinen Müttern. Noch einmal durch den Park, in dem wir uns zuerst geküsst haben, noch einmal Suppe essen, Scharf-und-Fruchtig für mich und Getreide-und-Kräuter für ihn. Dann kündige ich meine Arbeit, T'irl nimmt sich frei und wir ziehen uns in unsere Wohnung zurück.

Zum ersten Mal seit meiner Ankunft vergesse ich wirklich die Zeit, zwischen Tränen und Küssen und Tee aus Sternenhimmeltassen und alten Folgen unserer liebsten ScreenDramas. Irgendwann erwache ich aus einem Schlaf voll unruhiger Träume, und T'irl schaut mich an. Seine hellen Augen fragen, suchen, und ich nicke.

Es ist so weit.

Mein siebtes Lied spiele ich für T'irl. Für das, was wir einander bedeuten. Für die Erkenntnis, dass nicht jedes Finden ein Bleiben bedeutet. Wir haben eine Art Zelt aus dem geräuschisolierenden Vorhang gebaut, darin nur das Keyboard und wir. Ich will, dass dieses Lied nur für uns ist. Wir halten einander fest und sagen noch einmal all die Dinge, die wir uns in den letzten Tagen wieder und wieder zugeflüstert haben, wie magische Formeln. Wie Gebete.

„Erzähl den Sternen von mir", flüstert er zuletzt, und ich sage gar nichts mehr. Stattdessen beginne ich zu spielen.

Meine Finger formen wortlose Erinnerungen an die Sterne und den Nachthimmel, unter dem wir nie gemeinsam liegen werden. Tränen verschleiern meine Augen, während meine Hände endlich die Töne erklingen lassen können, die mich seit Wochen verfolgen.

Ich spiele ein Lied von der Dunkelheit und von den Dingen, die nicht sein konnten.

Als das siebte Tor erscheint, fühle ich ein so schmerzhaftes Ziehen, dass ich fürchte zu zerreißen. Das Lied endet, ich kann nicht anders als aufzustehen und zu der Tür zu treten. Sie sieht aus wie die Eingangstür zu dem Krankenhaus, in dem wir uns kennengelernt haben. Als sie sich öffnet, sehe ich, dass das Nichts dahinter diesmal anders aussieht. Ob es ein Geschenk oder böser Spott ist, kann ich nicht erahnen.

Ich verlasse T'irl für immer, aber durch das Tor, hinter mir, nur für einen Moment, sieht er die Sterne.

Das letzte Lied

Lekkoka

Inhaltshinweise: Unterhaltungsindustrie, Sex (impliziert), Einsamkeit, Angst vor dem Tod

Als ich in Lekkoka aus der Tür trete, weiß ich, dass das nächste Lied mein letztes sein wird.

Lekkoka ist einer der reichsten Orte der Galaxis, eine Stadt, die einen ganzen Asteroiden überwuchert hat, Heimat der einflussreichsten und größten Unterhaltungskonzerne. Hier gibt es überall Musik: Experimentelle Siebenton-Sessions in kleinen Untergrundclubs, CandyPop-Konzerte in Hallen, die Hundertausende fassen und noch vielfach mehr virtuelle Zuhörende glücklich machen. Duelle auf Feuersaiten-Gitarren, ausgetragen zur besten lokalen Sendezeit.

Ich versuche nicht einmal, zu verbergen, wer ich bin. Wenn ich hier gelandet bin, auf diesem Giganten der Musikindustrie, kann ich ebenso gut spielen, so oft ich noch kann, für so viele, wie mich hören wollen. Ich ergreife jede Chance, die sich mir bietet, spiele in kleinen Clubs, in Hotelbars, in Einkaufsmalls auf schräg klingenden Instrumenten, die mich an mein erstes Lied erinnern, mit dem auf Deriton 5 alles begann. Immer wieder werde ich erkannt, Videos und Soundmitschnitte machen die Runde. Aber hier heischen so viele Menschen, nach Aufmerksamkeit, dass ich bekannt genug bin, um fast jeden Abend für Bezahlung auftreten zu können, und doch nicht so bekannt, dass alle mein Gesicht erkennen würden. Ich nutze diese bequeme Situation aus, so lange sie dauert. Nach den Konzerten tauche ich unter, eine anonyme Gestalt in einer der längsten und größten Partys, die die Galaxis zu bieten hat.

Ich versuche nicht, T'irl zu vergessen, aber ich versuche, nicht ständig an ihn zu denken. Nicht ständig zu erwarten, ihn um die nächste Ecke biegen zu sehen. Im Halbschlaf nicht ständig nach jemandem zu tasten, der gar nicht da ist. Ich suche Ablenkung, wenigstens für einige Tage, suche sie zwischen tanzenden, schwitzenden Körpern in den Dance-Chemistry-Clubs, in den All-you-can-taste-Buffets der Gastro-Stationen, die zwischen den Wolkenkratzern schweben. Ich suche andere Blicke, andere Hände, andere Münder, verbaue die Bruchstücke meines Herzens in einem Mosaik aus Tanzen und Küssen und Seufzen und fremden Laken.

Über allem liegt das Gefühl, auf ein Ende zuzusteuern. Ich habe nie viel darüber nachgedacht, über das Ende. Über die letzte Tür. Erst waren diese Gedanken zu weit entfernt, dann brachten sie zu viel Angst mit sich und zwischendurch ein zu schmerzliches Sehnen. Jetzt kann ich sie mich umspielen lassen, wie zupfende, vorsichtige Finger an einem Instrument, das ich noch nie gehört habe.

„Wir sollten was aus dir machen", sagt eine Stimme, an einem der Morgen danach. Ich werde gerade langsam wach, nach zu wenig Schlaf und in einem fremden Bett.

Als ich die Augen öffne, knöpft die Person, mit der ich die Nacht verbracht habe, gerade ihren enganliegenden SecondSkin-Blazer zu. Jzare, erinnere ich mich. Jzare, sie/hen, Managerin für HeeTax Industries, einen der größten Musikkonzerne der Stadt. So steht es auf der Holo-Karte, die hen mir an meinen Kommunikator schickt. Ich lese es, während sie ihren Lippenstift aufträgt und die StyleAssist-Funktion des Hotelzimmers ihre kurzen Haare kunstvoll in Wellen legt.

„Aus mir machen?"

„Ja. Du spielst fantastisch, das tun viele. Aber diese Sache mit den Türen? Das ist eine verdammte Sternenmine."

Ich drehe mich im Hotelbett noch einmal um, sehe aus dem Fenster. Die Screens sind ausgeschaltet, draußen sehe ich das glitzernde, glänzende, schrille Gebilde, das Lekkoka ist. Wenn ich hier bekannt werde, wird die ganze Galaxis mich hören. Vor Jahren, als ich Musikstunden nahm, als ich von Ruhm und Reisen durch alle Systeme träumte, hätte der Gedanke mich so glücklich gemacht. Jetzt fühlt es sich zumindest an wie ein Ende, mit dem ich leben kann.

„Okay", sage ich, und schlafe wieder ein.

Jzare hat nicht zu viel versprochen. Hen organisiert Treffen mit ihrem Konzern, erste Auftritte in größeren Hallen. Ich muss mich um nichts kümmern. Flugdrohnen holen mich ab und bringen mich zu den Konzerten. Ich spiele auf wunderschönen Instrumenten: einer drevastorischen Wasserorgel, einem echten ngaritischen Konzertflügel, dem Prototypen eines dreigeteilten Tasteninstruments, das hier auf Lekkoka entwickelt wurde. Ich spiele in der legendären ersten Konzerthalle des Asteroiden, vielfach restauriert und umgebaut, und in einem fliegenden Konzertsaal, der mich mit meinem Instrument an den höchsten Stockwerken der Luxuswohngebäude vorbeiträgt, während die Wohlhabenden interessiert bis gelangweilt aus den Fenstern zusehen. Ich lerne die Abläufe und Gepflogenheiten hinter der Bühne kennen und mache mir nicht die Mühe, etwas an ihnen ändern zu wollen. Jzare kümmert sich um alles, lässt die Outfits für mich bereitstellen, die Tickets verkaufen, organisiert Security, als ich bekannter werde. Ich vermisse es, näher am Publikum zu sein oder nach den Konzerten mit den Zuhörenden zu sprechen.

Aber gleichzeitig denke ich an alle, für die das Mysterium der Türen nichts als eine Legende ist. An alle, die vielleicht ein echtes Portal ins Nichts sehen müssen, um den Mut zu finden, selbst aus den Dingen auszubrechen, die ihnen zu eng geworden sind. Wenn ich mich auf die

Vorgaben von HeeTax einlasse, kann mein letztes Lied wirklich die ganze Galaxis erreichen.

Die Zahl der Zuschauenden bei meinen Konzerten wird langsam größer, auch wenn es nicht so schnell geht, wie Jzare es sich erhofft. Selbst die Geschichte mit den Türen ist auf Lekkoka nicht mehr als ein weiteres Kuriosum, platziert mich irgendwo zwischen fünfjährigen Wunderkindern und ehemaligen ScreenDrama-Stars. Wenn Jzare mich nach den Konzerten zurück ins Hotel begleitet, studiert hen mit konzentriertem Blick die Zugriffszahlen der Videostreams und verzieht den Mund.

„Wir müssen noch an deiner Bekanntheit arbeiten", sagt sie schließlich, und sendet mir zwei Dutzend Interviewtermine für die nächsten Tage.

„Okay." Ich stimme weiter allem zu, was Jzare sagt. „Kommst du noch mit rein?", frage ich vor dem Hotel, doch hen schüttelt den Kopf. „Das wäre unprofessionell."

Ich verbringe auch diese Nacht am Fenster, die Screens ausgeschaltet, unter mir die schimmernden, pulsierenden Straßen, die niemals zur Ruhe kommen. Ich denke an alte Geschichten von riesigen Würmern, die Welten verschlingen, unersättlich, unermüdlich.

In den nächsten Tagen erzähle ich immer und immer wieder meine Geschichte, erzähle von den Türen, von meinem ersten Lied auf Deriton 5, von den Welten und Orten, die ich besucht habe. Beantworte Fragen, so gut ich kann, lasse mich filmen und fotografieren, versuche den Anforderungen nachzukommen, die an mich gestellt werden. Manchmal frage ich mich, ob ich nicht längst hätte Einhalt gebieten sollen, die Grenzen besser abstecken. Aber die Müdigkeit liegt auf mir wie ein viel zu schwerer Mantel. Und je kürzer die Zeit wird, die mir bleibt, desto weniger möchte ich diskutieren und kämpfen.

„Was hat dich zu dem Auftritt auf Yular bewegt?", fragt eine Person mit schrillbunter Brille bei einem Interview nach einem Konzert. Alles erstarrt für einen Moment. Die Neonprojektionen am Himmel werden zu Flammen, zu stürzenden Trümmern. Das Gefühl zu fallen ist wieder da, meine Hand sucht nach Halt, doch ich greife ins Leere. Die Kameradrohne surrt bedrohlich, kommt noch näher an mein Gesicht.

Ich denke an Izzanis entschlossene Augen, und endlich fällt mir eine Antwort ein.

„Das Grauen, das wir nicht verhindern können, müssen wir bezeugen", sage ich, wende mich ab und lasse mich von der Security weiterziehen.

„Was hast du auf deiner Reise gelernt?", will die Moderatorin eines Musikstreaming-Dienstes wissen. Ich überlege.

„Ich habe eher Dinge verlernt", antworte ich.

„Und welche?" Ihr Lächeln ist freundlich, aber ihre Augen sind irritiert.

„Dass ich auserwählt bin, um Wichtiges zu vollbringen, zum Beispiel. Oder dass ich entscheiden kann, wohin ich gehe." Ich zögere, denke wieder an die Frage nach meinem Auftritt auf Yular. „Dass diejenigen, die es könnten, schlimme Dinge verhindern würden, wenn sie nur davon wüssten. Das waren die Lügen, die ich verlernen musste", füge ich hinzu und blinzle Tränen weg.

„Und hast du denn auch etwas gelernt?" Die Moderatorin klingt hilflos.

„Natürlich. Dass wir nicht verleugnen können, wer wir sind. Dass wir uns selbst sehen, indem wir einander sehen."

„Und was sind deine Pläne, jetzt, wo du endlich hier auf Lekkoka entdeckt wurdest?“ Beinahe flehend sehen mich die stark geschminkten Augen an, eine unausgesprochene Bitte, doch endlich etwas Interessantes zu sagen. Zu tun, was alle tun, die den launischen Mediengottheiten gefallen wollen.

Aber ich bin nicht hier, um jemandem zu gefallen.

„Ich möchte einfach mein letztes Lied spielen“, sage ich.

„Und damit zurück zum Neuesten aus den CandyPop-Charts.“

Drei Stunden später gibt es eine Krisensitzung mit Jzare.

„Was soll das heißen, dein letztes Lied?“ Jzare geht in dem Besprechungsraum auf und ab. Da ist keine Wut in hens Stimme, nur Ungeduld, nur die Suche nach dem bestmöglichen Ausgang dieses Gesprächs.

„Ich dachte, ich hätte dir das erklärt. Als wir uns zum ersten Mal unterhalten haben.“

Ich sitze zusammengesunken auf einem der Stühle, einen Becher Tee in den Händen. Es ist das erste Mal, dass ich die HeeTax-Zentrale besuche. Es ist ein steriler Ort, das Licht ein bisschen zu kalt, die Luft ein bisschen zu trocken. Der Tee schmeckt, als hätte er zu lange gezogen. Ich trinke ihn trotzdem.

„Es war laut in dem Club. Und ich dachte, du willst dich interessant machen.“ Jzares Mund formt ein freudloses Lächeln. „Du weißt schon, damit ich dich mit aufs Hotelzimmer nehme.“

„Nein.“

„Und du weißt vorher, ob das nächste Lied dieses … Tor öffnet?“ Jzare wirft verschiedene Veranstaltungskalender auf die riesigen Screens an den Wänden. Ich nicke nur.

„Können wir das planen?“

Hen wirbelt mit den Händen Termine durcheinander wie ein Kind einen Haufen Schwebmurmeln.

Ich will verneinen, sagen, dass ich keine Kontrolle darüber habe, wann die Türen sich öffnen. Und im selben Moment weiß ich, dass das nicht die Wahrheit wäre. Nicht mehr. Ich fühle, dass ich es bestimmen kann, zum ersten Mal, seit ich aufgebrochen bin. Vielleicht gestatten die Türen mir, den Tag meines Abschieds selbst zu wählen, solange ich nicht versuche ihn zu vermeiden.

„Es sollte bald sein. In den nächsten Wochen“, sage ich.

„Okay. Warte mal kurz hier.“ Sie verschwindet in einen der Nebenräume.

„Bereust du es?“, frage ich Jzare, als hen einige Zeit später wieder eintritt.

„Was?“

„Mich zu vertreten.“

„Unsinn. Diese kontroversen Auftritte, die Sache mit den Türen und dem letzten Lied – das verkauft Tickets. Dann ist es eben ein Abschiedskonzert. Wir machen daraus eines der größten Events, das die Galaxis je gesehen hat. Außerdem ist Reue etwas für Leute, die nicht hinter ihren Entscheidungen stehen.“

Sie sieht wieder auf die unermüdlichen Datenströme auf ihrem Pad, während mein Blick aus dem Fenster wandert. Jzare ist definitiv die richtige Person, um Konzerthallen zu füllen.

Ich wünschte, sie könnte die Person sein, die ich brauche, um mich weniger allein zu fühlen.

„Führ doch mal ein paar Privatgespräche, Qui. Guthaben ist drauf“, hat Jzare mir auf dem Rückweg ins Hotel gesagt und mir einen Kommunikator in die Hand gedrückt. Jetzt sitze ich auf dem Boden, die viel zu weiße Hotelbettdecke um mich gewickelt, und starre auf das Gerät. Es ist eins von den unfassbar teuren, kompatibel mit allen Frequenzen. Selbst das andere Ende der Galaxis sollte damit erreichbar sein. Noch nie habe ich so einen Kommunikator in der Hand gehalten. Noch nie habe ich überhaupt einen außerhalb eines Werbescreens gesehen. Solche Geräte sind etwas für Medienprofis und Mitarbeitende in den obersten Konzernebenen.

Ich frage mich, ob ich jemanden anrufen soll. Wen ich anrufen soll. Eine letzte Chance auf ein Gespräch, ehe ich durch das letzte Tor trete.

Niemals würde ich es über mich bringen, T'irls Stimme noch einmal zu hören. Niemals werde ich Izzanis Stimme wieder hören, egal wie sehr ich es mir wünsche. Ich weiß, dass die *Silemon VII* keine pangalaktischen Empfangsgeräte aktiviert hat, weil sie zu viel Energie verbrauchen würden. Vielleicht könnte ich Jzare darum bitten, für einen Tag einen Zugang in die Veringhall-CloudWelt zu bekommen. Aber ich weiß nicht, wie ich es schaffen sollte, die Gemeinschaft des Wiederspiels noch einmal aufzugeben. Ich könnte hoffen, dass ich Aikjo oder Pinn noch unter ihren alten IDs erreiche. Aber was würde ich sagen, nach all der Zeit? Schließlich versuche ich, eine Sprachverbindung zu Zerris Bar herzustellen, dem einzigen Ort, von dem ich mich nicht verabschiedet habe. Ich klicke mich durch Relay-Verbindungen und Satellitenkopplungen und höre am Ende doch nur ein statisches Rauschen. Ich erinnere mich an die Stürme über Kexxil, die Kommunikation nach außen eher zur Ausnahme als zur Regel machten.

Auf einmal pingt das Gerät in meinen Händen, eine einzelne Nachricht. Ich öffne sie mit plötzlich rasendem

Herzen. Die Nachricht ist von Jzare, von der einzigen Nummer, die eingespeichert ist. *Konzert in 15 Tagen. Erste Besprechung dazu morgen.*

Ich lege den Kommunikator zur Seite.

Vielleicht ist es wahr, dass jedes Ende einsam ist.

Noch zehn Tage bis zum Konzert, und ich treffe mich mit den Instrumenten-Designer*innen und Jzare. Sie zeigen mir Bilder und 3D-Modelle. Der HeeTax-Konzern hat darauf bestanden, dass das Instrument eigens für das Konzert gebaut wird. Ich lasse die Reichweite meiner Finger scannen, deute auf die Sachen, die mir gefallen und protestiere trotzdem nicht, wenn Jzare meine Meinung wegwischt, um nach etwas Prächtigerem zu fragen. Am Ende entsteht am Modellierprojektor das größte und teuerste Instrument, das ich je gespielt habe. Eine Doppelcelesta, eigens für das Konzert gebaut. Tasten aus zharutischem Flügelholz, Korpus aus tenebischem Schwingstahl. So etwas hat es nie zuvor gegeben. „Das mit der Produktion wird knapp", sagte Jzare, nachdem sie den Auftrag erteilt hat. „Du wirst nicht viel Zeit haben, darauf zu üben."

„Ich möchte nicht darauf üben", antworte ich. Entsetzte Blicke richten sich auf mich. „Ich weiß vorher nicht, was ich spielen werde", erkläre ich. „Und ich will gar nicht wissen, wie das Instrument klingt. Ich möchte es während des Liedes entdecken."

„Aus der Perspektive von HeeTax ist das keine gute Idee."

Jzares Augenbrauen sind zusammengezogen, hen scheint sich mühsam zu beherrschen, nicht noch deutlichere Worte zu wählen.

„Ich mache seit Wochen alles mit, was HeeTax für richtig hält. Das hier ist meine einzige Bedingung."

Jzare mustert mich prüfend. Ich halte ihrem Blick stand. Ohne mich gibt es kein Konzert, das wissen wir beide.

„Schön", sagt Jzare dann. „Aber ab jetzt keine Sonderwünsche mehr."

„Keine Sonderwünsche", antworte ich. „Aber wir haben noch nicht darüber gesprochen, wie viel HeeTax mir für meinen letzten Auftritt zahlt."

Noch fünf Tage bis zum Konzert, und ich sitze in meinem Hotelzimmer vor einer Notariats-Software. Alles kommt mir vor wie ein seltsamer Traum. *Du möchtest ein Testament erstellen,* sagt die neutrale Stimme. *Ich werde dich durch den Prozess führen.* Noch nie habe ich wirklich etwas besessen. Auf Deriton 5 gehörte alles im Grunde dem Konzern. Auf meiner Reise habe ich mehrfach alles verloren, jedes Erinnerungsstück, jede Sache von Wert.

Und jetzt befindet sich auf meinem frisch angelegten HeeTax-Bankkonto eine Summe, die größer ist als über zehn Jahresgehälter in meinem alten Job im Porky's Burger. Falls Jzare gehofft hatte, mir eine Bezahlung für den Auftritt vorenthalten zu können, weil ich die Credits sowieso nicht mehr selbst ausgeben kann, hat hen es gut überspielt. Vielleicht hat sie doch Mitgefühl. Vielleicht ist es ihr einfach egal – im Vergleich zu den Einnahmen des Konzerns für die Tickets und die Streamingrechte ist meine Bezahlung geringfügig.

Bitte fahre mit der Eingabe fort, ermahnt mich die Software.

Ich habe so viele Ideen, wohin ich Geld schicken möchte: an Zerri und ihre Bar im Zwielicht von Xerc. An Aikjo und Pinn, genug für einen Neuanfang, fern von Deriton 5. Ich möchte eine Summe an die Betreibenden von Veringhall schicken, die ausreicht, um die CloudWelt noch lange intakt zu halten. Ich frage mich, ob es eine Möglichkeit gibt, Geld so langfristig anzulegen, dass es die Erwachenden der *Silemon VII* an ihrem Ziel erreicht, genug für Ausrüstung und Versorgung, für einen guten Start in die neue Welt. Ich möchte eine Passage buchen, Transport für eine Person, von Tzrilic an jeden beliebigen Ort der Galaxis. Eine Möglichkeit für T'irl, die Sterne doch noch mit eigenen Augen zu sehen.

Ich gebe meine Verfügungen in die Software ein, lasse das Programm rechnen. Es kalkuliert Serverkosten und Preise für Passagen, Gebühren für Bearbeitung und Sonderzulagen für Langzeitdepots. *Verfügung nicht möglich*, teilt der Bildschirm mir mit.

Es ist nicht genug.

Noch nie in meinem Leben hatte ich so viel Geld. Aber es reicht nicht für meine Träume von einem letzten Abschiedsgruß und etwas Hilfe an alle, die mir wichtig sind. Ich könnte allen von ihnen einen kleinen Betrag schicken. Nicht mehr als ein leeres Symbol.

Oder ich verwende alles für eine einzige Sache.

Die Entscheidung ist getroffen, sobald mir die Idee in den Sinn kommt. Für alle, die schnelle Hilfe benötigen, um vor Katastrophen zu fliehen, lasse ich die Software die Izzani-Stiftung gründen und zahle den Großteil des verbliebenen Geldes ein. Lege großzügige Bedingungen für die Auszahlung fest, und schlage einige der Pilot*innen, die auf eigene Faust versucht haben, auf Yular zu helfen, als Verwaltende vor.

Ich schaue aus dem Fenster, während die Notariats-Software meine Eingaben beglaubigt und finalisiert. Als meine Entscheidung nicht mehr rückgängig zu machen ist, fühle ich mich leichter. Ich kann nicht bestimmen, wohin ich gehe. Oder über den Lauf der Welt. Aber mit diesem winzigen Stückchen Einfluss und Geld kann ich das Beste tun, was mir einfällt, um etwas zu bewegen.

Noch ein Tag bis zum Konzert.

Alles ist vorbereitet und es gibt nichts mehr für mich zu tun. Alle Interviews sind gegeben, das Outfit für meinen Auftritt ist angepasst, die Abläufe des nächsten Tages sind klar. Wie immer hat Jzare mich zurück zum Hotel begleitet.

„Mach dir einen schönen Abend", hat sie gesagt. Zum ersten Mal war hens Stimme weicher, weniger geschäftsmäßig.

„Danke für alles", habe ich geantwortet und es so gemeint. Diesmal habe ich nicht gefragt, ob sie bleibt.

Wie verbringt man die letzte Nacht seines Lebens?

Kurz überlege ich, noch einmal durch die Clubs zu ziehen. Oder mir alles zu bestellen, was der Zimmerservice an Essen anbietet. Aber am Ende weiß ich, was mich am glücklichsten machen wird. Ich aktiviere die Style-Assist-Funktion des Hotelzimmers und lasse mich optisch so sehr verändern, dass ich nicht erkannt werden kann. Ich überweise der Person in der Lobby alle Credits, die ich noch habe. Für einen letzten Wunsch.

Sie schaltet den Beridischen Flügel in der Hotellobby für mich frei, und ich beginne zu spielen. Zum ersten Mal seit Wochen sitze ich mitten zwischen Menschen, ohne Scheinwerfer, ohne Security. Ich spiele alles, was mir in den Sinn kommt, bekannte Melodien, einige der verlorenen Lieder des Wiederspiels, Bruchstücke meiner eigenen Lieder, einige Akkorde von der *Silemon VII*, einige auf meiner selbst gebaute

Flöte kreierten Läufe, die niemand außer mir je gehört hat. Längst nicht alle in der Lobby hören zu, manche eilen vorbei, andere schauen auf ihre Kommunikatoren. Aber immer wieder gibt es kurzen Applaus oder ich sehe Personen, die mit geschlossenen Augen lauschen. In einer Spielpause bringt eine Bedienung mir einen Teller mit Keksen und ein heißes Getränk, das ich noch nie auf der Karte gesehen habe. „Dein Lied hat mich daran erinnert, dass mein Vater mir das immer gemacht hat, wenn ich nicht schlafen konnte", erklärt sie mir mit einem Lächeln. Ich nippe an der Tasse, das Getränk ist süß und würzig und perfekt.

Ich spiele weiter, die halbe Nacht lang, für alle, für niemanden, für mich. Für die Zeit, die nun endet.

Zehn Minuten bis zum Konzert.

Ich stehe hinter der Bühne, einen Moment lang unbeobachtet. Der Tag ist an mir vorbeigezogen wie ein ScreenDrama, das nur läuft, um die Stille zu vertreiben. Einige Stunden Schlaf, der Weg zur Konzerthalle, Kostümprobe, letzte Pics für die Vermarktung der Konzertaufnahmen, Lichtprobe, Styling. Erst jetzt bin ich allein, kann kurz durchatmen.

Mein Herz hämmert so laut, so trotzig. Als wüsste es, dass es bald schweigen muss.

Ich weiß nicht, was hinter dem letzten Tor auf mich wartet. Ob es der Tod ist, das Vergessen, das Nichts. Oder etwas anderes, etwas, das ich mir nicht einmal vorstellen kann. Ich atme so ruhig ich kann, höre das Blut in meinen Ohren pulsieren, fühle das leichte Kribbeln in den Fingerspitzen. Einen Augenblick lang, einen langen, panischen, aufbegehrenden Moment, möchte ich weglaufen.

Stattdessen stelle ich mir vor, sie alle wären hier.

Kalekk0, dey begeistert das Instrument in Augenschein nimmt. Zirri, die mir zur Beruhigung einen Schluck Likör in die Hand drückt. Izzani, die meine Interviewantworten nicht toleriert, sondern gelobt hätte. Aikjo und Pinn, aufgeregt kichernd, die mich für ein Gruppenfoto zu sich ziehen. Jag, die Augen ruhig und warm hinter den Brillengläsern, und Khalis, die starken Arme in die Hüften gestemmt, während sie die Bühnentechnik bewundert. Und T'irl, neben mir, eine Hand ganz sanft auf der Mitte meines Rückens, so leicht, dass ich sie nur spüre, wenn ich tief einatme.

Ich schließe die Augen, träume sie mir herbei. Kann sie beinahe hören, spüren, wenn ich jetzt die Hände ausstrecke, könnten sie Lherys Locken ertasten, Pinns quietschende Synthlederjacke, die Stelle an T'irls Nacken, die so kitzelig ist –

„Qui. Es geht los."

Ich öffne die Augen. Jzare lächelt kurz, nickt mir zu und deutet auf den Screen, auf dem eine Uhr die letzte Minute herunterzählt.

Sie sind nicht hier. Ich bin hier, nur ich. Am Ende meines Wegs, den ich nur allein gehen konnte, seit die erste Tür sich für mich und nur für mich geöffnet hat.

Und so gehe ich auch diesen letzten Weg. Meine Schritte hallen auf der kalten, glatten Bühne. Die Doppelcelesta glänzt im Scheinwerferlicht, Stahl und Gold und edles Holz. Doch als ich ins gleißend helle Licht trete und auf dem Hocker Platz nehme, fühle ich mich nicht einsam. Ich bin hier, weil alle, die ich herbeisehne, Teil meiner Reise waren. Wenn ich es niemals ohne sie auf diese Bühne geschafft hätte, wie könnte ich dann glauben, hier allein zu sein?

Ich bin Zeugnis all jener, die mich getragen haben, mich gerettet, berührt, geliebt. Mein Weg ist ihr Weg.

Und nun geht er zu Ende.

Ich öffne die Klaviaturabdeckung, lege meine Hände sanft auf die Tasten. Ein Raunen geht durch die Menge, aus den Kehlen tausender Menschen, die gekommen sind. Das Scheinwerferlicht schwenkt einmal über die Bühne und richtet sich dann wieder auf mich.

Dies ist mein letztes Lied.

Schlussstück

Der Moment ist gekommen.

Meine Hände liegen auf den Tasten, suchend, vorsichtig. Mein neues Instrument, dessen Klang ich noch nie gehört habe, mein letzter Wunsch an diese Welt. Jetzt werde ich erfahren, wie die Celesta gestimmt ist, welcher Ton sich hinter welcher Taste verbirgt. Wie immer weiß ich noch nicht, was ich spielen werde. Nur, dass es das letzte Mal ist. Kann eine Sinfonie ein Schlussstück haben, wenn sie nur aus Bruchstücken besteht?

Hinter mir fühle ich, wie sich das letzte Tor formt, noch unsichtbar für alle anderen.

Was werde ich dieser Welt hinterlassen? Ich erinnere mich an den Moment, als ich durch die erste Tür ging, unsicher, warum sie gerade mir erschienen war. An die Geschichten, die ich kannte, von Anführer*innen und Auserwählten. Davon, wie mühsam ich verlernen musste, was diese Geschichten mir eingeredet hatten. Meine Reise drehte sich nicht um Kriege, Revolutionen und Schicksal. Ich erzählte nicht einmal davon. Ich erzählte, was danach passierte, oder davor, oder weit entfernt.

Ich habe nichts verändert, keine Lösungen gefunden. Ich habe nur zugehört. Ich habe nur Lieder gespielt.

Vielleicht ist das gar nichts.

Vielleicht ist das genug.

Ich denke an die Sterne, die das Nichts T'irl bei meinem Abschied gezeigt hat. Vielleicht waren sie kein Geschenk einer übermächtigen Entität. Vielleicht sind sie aus meinem Wunsch entstanden, sie ihm wenigstens ein einziges Mal zu zeigen. Ich hatte zu meiner Überraschung Kontrolle darüber, an welchem Tag ich mein letztes Lied spiele. Und ich denke an die Türen, deren Aussehen sich aus meinen Erinnerungen speiste. Zerrt das Nichts zwischen den Türen nicht nur an mir, sondern auch ich an ihm? Werde ich zu einem kleinen Bruchteil mitbestimmen, wer als nächstes durch die Tore reisen wird?

Vielleicht verschiebe ich die Dinge, ein winziges Stück. Eine neue Note in einem ewigen Lied.

Auch die längste Stille muss irgendwann enden.

Ich stelle mich der Ungewissheit, dem Nichts, das mich erwartet. Beinahe fühlt es sich schon vertraut an. Noch einmal hämmert mein Herz, laut und wild. Ich habe Angst vor dem, was vor mir liegt. Aber warum sollte das etwas Schlechtes sein? Ich nehme die Angst mit auf den Weg in das Unbekannte.

Ein letztes Mal sehe ich hoch, sehe um mich herum bunte Lichter und tiefe Dunkelheit, und alles dazwischen.

Dann fallen meine Finger auf die Tasten.

Mein letztes Lied erklingt. Es ist ein Lied voller Möglichkeiten.

Die Autorin

Lena Richter ist Autorin, Lektorin und Übersetzerin mit Schwerpunkt Phantastik und veröffentlichte bisher Kurzgeschichten, Essays und Artikel.
Sie lebt in Hamburg und verbringt die Zeit abseits von Brotjob und Wortgebastel jeglicher Art mit Pen-and-Paper, Kochen, Podcasthören und Ausflügen ans Wasser.
Lena ist eine der Herausgeber*innen des Phantastik-Zines Queer*Welten und spricht gemeinsam mit Judith Vogt einmal im Monat im Genderswapped Podcast über Rollenspiel und Medien aus queerfeministischer Perspektive. „Dies ist mein letztes Lied" ist ihre erste Novelle.

Danksagung

Ein Buch zu schreiben und zu veröffentlichen ist ein aufregendes Erlebnis voll einzigartiger Momente, die zwischen Jubel, Stress, Zweifel und Stolz schwanken – das gilt besonders, wenn es das erste Buch ist. Mein Dank gilt daher allen, die auf die ein oder andere Weise dazu beigetragen haben.

Zunächst ein riesiges Danke aus vollem Herzen an meine wunderbare Verlegerin Ingrid, die nicht nur Interesse daran hatte, diesen eher ungewöhnlichen Text zu veröffentlichen, sondern auch auf sämtliche meiner Sonderwünsche eingegangen ist. Darüber hinaus hatte sie zahlreiche tolle Einfälle für das Design und Begleitartikel zum Buch und während des Lektorats viele hilfreiche und sinnvolle Vorschläge zum Manuskript. Die Zusammenarbeit war mega organisiert (lang lebe das Trello-Board!) und Ingrid ist auch einfach eine super liebe und sympathische Person. Ein weiteres Danke geht an Birgit vom Verlag für ganz viel Organisation hinter den Kulissen und gute Anmerkungen zum Text. Wenn ihr an der Novelle Freude hattet, dann geht doch bitte in den ohneohren-Shop und schaut euch dort nach weiterer wundervoller Phantastik um.

Weiterer inniger Dank geht an meine Testlesenden: Anna Zabini für Softness, brennende Herzen und Gedankenanstöße für den Prolog, Frank Reiss für ganz viel Support und Motivation zum Weiterschreiben und Christian Vogt für dein Feedback und vor allem für all die guten Anmerkungen zu Physik und Astronomie.

Mit dem Cover hat sich für mich der Traum erfüllt, irgendwann einmal eine Illustration von Ephi in Auftrag geben zu können. Danke für die tolle Zusammenarbeit mit vielen Entwürfen und Überarbeitungen, fürs Lesen und Loben und für deine wunderschöne Kunst.

Judith Vogt danke ich nicht nur für das schnelle, gründliche und gute Erstlektorat, sondern auch für alles andere. Danke, dass du fast jeden meiner Texte testgelesen hast, mich immer motivierst, weiterzumachen und die Person bist, mit der ich jeden noch so absurden Gedanken teilen kann. Danke für die gemeinsamen Projekte seit vielen Jahren, fürs gemeinsame Immer-Weiter-Machen und für deine und Christians Geschichten.

Vielen Dank auch an Tino Falke für Schreibgespräche, gegenseitiges Testlesen und Motivieren seit vielen, vielen Jahren – ich wünsche dir viele weitere Veröffentlichungen, Erfolge und Kreativität und hoffe, wir drehen auch in 20 Jahren noch Runden im Park, bei denen wir übers Schreiben reden.

Danke an Jascha Urbach, dessen Worte, er würde gern etwas von mir verlegen, mir den Mut gegeben haben, doch mal ein längeres Projekt anzufangen – auch wenn es jetzt an anderer Stelle erscheint.

Vielen Dank an Judith, Kathrin, Heike, Jascha und Jürgen für die Zusammenarbeit bei Queer*Welten, die immer wieder Mut und Hoffnung macht, dass diese Art von Phantastik ihr Publikum findet.

Danke an Lilli für Eternal Support, viele Gespräche und gegenseitiges Verstehen.

An Illi Anna Heger herzlichen Dank für die Arbeit zu Neopronomen, die immer wieder hilfreich für die hier verwendeten waren (und für die Schuh-Ratschläge!).

Danke an Lars Schmeink, der mir Motive in meinen Texten gezeigt hat, die ich allein nie gefunden hätte, und der die Fahne der deutschsprachigen progressiven Phantastik auch im Ausland hoch hält.

Herzlichen Dank auch an alle deutschsprachigen (und hier noch nicht anderswo genannten) Phantast*innen wie James Sullivan, Nora Bendzko, Iva Moor, Annette Juretzki, Noah Stoffers uvm., die dem Genre mit Progressivität und neuen Ideen begegnen. #ProgressivePhantastik rules!

Danke an meine Rollenspielrunden, die mir vor allem seit 2020 einen Rest von geistiger Stabilität bewahren und immer wieder Freude und Eskapismus in mein Leben bringen.

Danke an all die Internet-Communities, von denen ich im Laufe der Jahre Teil sein durfte. Finding your people matters. Und danke, danke, danke an all die Internet-Aktivist*innen, von denen ich zu unterschiedlichsten Themen lernen durfte und die unermüdlich über das Leben und die Kämpfe marginalisierter Personen aufklären.

Und zum Schluss: Danke an Oscar, der all die Schreiberei eher von außen betrachtet, aber trotzdem Interesse und Verständnis dafür aufbringt. Danke fürs Teilen von Wohnung, Alltag und Leben – mit keiner anderen Person hätte ich die pandemische Isolation bestreiten wollen.

Nicht alle Personen, die einen Einfluss auf dieses Buch hatten, werden es lesen, aber auch ihnen möchte ich danken:

Danke an die internationalen Schöpfer*innen progressiver und queerer Science-Fiction wie Charlie Jane Anders, Becky Chambers, Annalee Newitz, N. K. Jemisin, Arkady Martine, Micaiah Johnson, Amal El-Mothar uvm., die mich für das Genre begeistern konnten.

Danke an Rollenspieldesigner*innen wie Alex Roberts und Jay Dragon, die meine Gedanken zu Geschichten gelenkt haben, die nicht voller Held*innen und Drachen sind. Danke im Besonderen an Avery Alder, die mit ihren Spielen und vor allem mit ihrem Talk zu queerem Spieldesign die Denkprozesse angestoßen hat, die am Ende zu dieser Novelle geführt haben.

Und danke an den mir unbekannten Straßenmusiker, der irgendwann im Frühling 2019 auf meinem Arbeitsweg musizierte und laut das Ende seines Auftritts mit den Worten „This is my last song!" verkündete – und bei mir die Frage auslöste, wie es wohl aussähe, wenn eine Person wirklich ihr allerletztes Lied spielt. Er wird wohl leider nie erfahren, dass er etwas zu dieser Novelle beigetragen hat.

Denn so ist das mit Kunst: Wir können sie nur machen, ohne jemals vollständig zu wissen, was sie bewirkt hat. Wir müssen einfach hoffen, dass es genug war.

Weitere Romane und Anthologien aus den Bereichen Phantastik, Science-Fiction, Steampunk und viele andere schöne Dinge für Buchfreund*innen gibt es unter:

www.ohneohren.com

Viel Spaß beim Lesen!